就这样过了一百年

抗日女兵
茶神
资本家
漫画家
农妇
国际共产战士
革命者

成蹊 著

新华出版社

百年的个人琐事，还有家国大事和我们久违了的情怀。

越是朴素的越是会打动人，被打动是因为我们对生命有了新的理解和认识，无关是非，无关爱憎，仅仅是生命本身而已，这种体悟让我们终于有一个机会超然物外去看待我们整个的人生和世界。

无论是一百年，还是五十年，属于你的，一定会来；不属于你的，一定不会来；需要你去面对和承受的，一定会出现在你的生命里。已经发生的历史，我们谁都无法改变，我们唯一能做的，就是在这些百年风雨中看到勇气和担当，看到豁达的人生态度，看到乐于助人的性格特征，看到乐善好施的生命品质。金钱、地位乃至聪明都无法给我们带来真正意义上的快乐，帮助我们好好地走过漫长人生道路的是人性中的善良和坚强，帮助我们毅然面对苦难命运的也是这些。

一百年，有很多故事可以倾听，有很多的话值得揣摩和追忆。在采访中，有的苦难被老人刻意屏蔽掉了，已经过了半个多世纪，依然无法原谅和释怀，不愿意提及；也有的通过特殊的方式获得了释放。一位老兵，临近百岁，得到了迟到的公正，然后激动了三天三夜，一直情绪激动亢奋，不得不送进了医院。

人生有很多起伏，今天人上人，来日阶下囚。在一百年的生命戏剧里，这些台上台下的故事我们每个人都看得清清楚楚。这里有最普通的中国底层的劳动妇女走过的百岁人生，也有参与和亲历了国家大事的百岁老人，有清末出生的，也有民国出生的，有的到了百岁还身体健康，有的已经意识模糊，但有一个共同的特征，这些走过百年岁月的人，内心都非常善良，非常勇敢，很少抱怨，更多的是克服困难。

长寿，大家都很向往，但是，怎么活过这一百年，也不是我们自己能决定的，我们能做的就是接受不能改变的，勤奋地改变可以改变的。

长寿，要面对更多的困苦，经历更多别人无法经历的艰辛，所有至爱的亲人都在自己之前离去的至深的创伤，还要经受更多的来自躯体上的病痛折磨。从这个角度讲，长寿，可能也不是一件好事，但也不是一件坏事。

长寿，是一件很现实的事。它在精神上的意义可能会大于比别人多活了一些年的物质意义，因为，读过这些老人所经历的苦难，对照一下自己，他们走过来的一百年，令我们所有经历的痛苦、悲伤、所谓的不公正的待遇，所有我们认为不幸的遭遇，全都不值一提。

在他们的人生面前，我们没有理由消极，没有理由怯弱和退缩，会让我们因为过去的放弃和崩溃而羞愧不已。

书里的这些文字和老人们的人生一样现实和朴素，很客观的描述，没有多余的主观情绪，反而更让我们读到了文字背后内心的波澜，历史的波澜、每个人在历史中的渺小和必然。感性的认知，理性的表达，也为我们提供了一个超越感性和理性的机会，去体悟整个人生“幻有”的事实。

我们会发现，这些本来似乎毫无关联的人物，在一个历史空间肯定有着某种必然的联系。仅仅这一点，就足够了。

这本书的内容翔实，记叙准确，人物、时间、职务完全尊重当事人的口述和记录，也为后人提供了一个可供查询的民间记忆。这本书，还向我们传递了这样一个信息：人生的旅途，无论我们走多远、走多久，遇到多少人和事，其实都有机会保持一颗年少的心。

让我们活着，无所畏惧。

感谢众多志愿者的共同努力，完成了这些珍贵的百年纪录。

感谢学诚法师，当年他嘱咐北京市仁爱慈善基金会要去帮助和关怀那些百岁老人，记录下他们的生命历程，出版成书。

成蹊于2018年1月27日

序言 2

百岁人生项目组有一个移动硬盘，专门用来存放关怀采访过的百岁老人资料。每次看到那些文件夹，我会有一种小小的满足感。到现在为止，文件夹里的百岁老人已经超过四十位了。

在2016年8月份之前，我并不知道我们的基金会有这样的一个项目，在秘书长告诉我将由我来负责这个项目之前，我也从未料想过我和其他志愿者的生命会和这么多的百岁老人发生连接，那不是普通的惊鸿一瞥，不是微笑着打个招呼，更不是擦肩而过，而是他们那样真实地走进了我们的生命。

去年遇到这个项目前，唯一和老人打交道的经历是和我的奶奶，那个我生命中最重要的人之一。我们之前感情很好，她和大多数老人一样慈祥。直到她得了小脑萎缩，也就是俗话说的老年痴呆，我们的关系开始发生质的变化。在我认为她真的不可理喻后，我对她的感情曾经一度降到冰点，甚至、仇恨和对立。曾经我以为这样的关系会一直持续到奶奶去世，当时我是这样认为的，她去世时我可能不会难过，甚至不会掉一滴眼泪。幸运的是，我遇到了仁爱慈善，遇到了我生命中最重要的一群人，经过半年多在各种慈善项目中的践行和熏染，我终于在和奶奶的关系上彻悟。一切不在于他人，在于自己，我看到了那个自以为是的自己，看到了那个太不堪的自己。我将我的感悟写成文，以期让更多的人知道该如何做一个真正孝顺的人。也许正是我这样的悔悟，才让我遇到了百岁人生项目，让我在这么多老人中赎罪，让我能在给他们的一点点关怀中弥补我的过失，让我能从这些历经百年沧桑而宠辱不惊的老人身上寻觅到什么，然后和其他志愿者一起把它传递出去。

其实刚接到项目时有些迷惘，到哪里去找百岁老人呢？我们该怎样和这些百岁老人接触？通过他们我们想发现什么，又想表达什么呢？我和志愿者们都非常紧张，不仅对找到百岁老人感到希望渺茫，而且即使找到后已经约好了时间，准备好了见面想要沟通的问题，在与老人见面之前，我们仍然不知道会不会出现意外情况，会面对什么样的情况，毕竟是百岁老人了。

就这样，我们的项目在懵懂中开始。项目开始后我们的志愿者到处留心百岁老人的线索，身边的亲属邻居、养老院关怀的对象、网上报道的信息，不仅仅是项目的志愿者，仁爱的很多志愿者们都开始注意到这个项目并给予支持。所以，寻找百岁老人并不像之前想象的那样艰难。线索一点点汇聚起来，而我们也在项目进行过程中不断领悟项目的意义，关怀百岁老人才是项目的目标，将他们的故事写成书籍只是关怀过程中自然而然的产物。虽然我们接触过的百岁老人们大多数得到了良好的照顾，但他们还是渴望与外界的沟通，他们渴望被关怀。记得有一次在莆田，跟百岁奶奶聊完后她站在楼梯口跟我们挥手作别，奶奶眼睛里流露出深深的不舍。因为住在二楼，奶奶无法下楼，等走出大门我回头一看，奶奶竟站在窗前久久地目送着我们……有的志愿者手都被激动的老人握疼了，有的志愿者被当作自家晚辈一样被老人揽在怀里，有的志愿者耐心倾听老人像孩子一样一遍一遍委屈地诉说自己的胳膊被划破了。每一次与他们的接触、聊天、拥抱，不仅温暖了老人，更温暖了我们的志愿者，有的志愿者老师在参加完第一次活动后的总结分享中泪流满面，“找到了心里久违的平静与安定”，他们这样形容和老人在一起的感觉。

随着与越来越多的老人相处，我们发现了大多数百岁老人的共性——从容，坦然，平和。这是一种无法准确形容，也无法模仿的气质。他们说话总是很慢，尽力表述清晰，面容总是慈祥温柔的，很认真地在听我们的问题。有的老人身体状况已经不允许和我们沟通，这时候他就会安详地坐在那里，注视着家人和我们，眼睛里散发着温暖的光芒。老人们的气质固然与其背景有关系，但我们觉得更多的是来自经历的沉淀和岁月的洗礼。

在与老人们有了面对面的接触之后，我逐渐感知到了这本书想要传达的内容，却仍然不够清晰。这一个世纪恐怕是中国历史上最变化多端的一段时间，从清政府到“民国”、辛亥革命、军阀统治、抗日战争、解放战争、三年自然灾害、“文化大革命”、改革开放……尽管百岁老人们大都来自同样的年代，但每一位老人有着截然不同的命运，有的老人的经历跌宕起伏，有的却也平凡，很难从他们的故事中找到共同点。他们在一些生命的重要时刻，因自身的不同背景，做出了不同的选择。有些老人们虽经历与经历之间有所交集，但经历背后所蕴藏的细节和对生命的感悟却天差地别。仿佛每一个人都有属于自己的生命轨道，在相同的时代背景下，每个个体在历史的洪流中显得那么渺小。

在一遍遍回忆起与老人相处的短暂时刻后，我们逐渐发现也许他们的经历只是一个载体，更需要分享的是来自百岁老人的豁达和人生智慧，还有更重要的——善良和坚强，那些无论在什么背景下都熠熠发光的人类最可贵的品质。回顾老人们的一生，贫穷、战争、逃亡、迫害、家破人亡、孤独……每个苦难都可能摧毁一个人，但他们没有。当这些苦难全部向他们袭来，他们没有低头，没有狂怒，没有抱怨……很多老人都和我们的志愿者有着各种关联，有的老人本身就是我们最高龄的志愿者，有的是我们志愿者的亲人，我们的身上流着他们的血，我们肩负着这样的使命，在这样一个很多人都因对物质的极度追求而忽略了精神的年代，将他们的精神广泛地传播出去。

令人印象非常深刻的是，在关怀老人们的过程中，无论他们讲起怎样的过往，都是平和的。那些在我们听来或痛苦或激动的时刻，在他们的表述中，好像只是一段经历，仿佛水上曾经激起过的浪花，最终回归生命的长河。我想当时的他们应该也曾在这样的经历中挣扎过、痛苦过、无助过，但几十年过后，对于现在的老人们而言，都只是一段回忆。

老人们是在用自己的经历告诉我们——没有任何事情是无法跨越的，每一件事情都有它发生的理由。我也曾经为了许多事情而痛苦挣扎过，并放大了它们对人生的影响。现在当我参与了百岁人生项目，当我认真地记录并感受老人们的经历，当完成这本书后，我的视野变得比曾经更加开阔。那些曾经因我的执着而给我带来痛苦迷茫的事情，在人生的悠悠长河中，也许只是一粒尘埃。它会有它存在的独特意义，也一定会让正在经历这件事情的我有所体悟与成长，但在它发生的那一刻，它已经完成了其存在的全部使命。也许几十年后我再回首去看这些事情，有些我可能记不清它的细节，有些甚至可能记不清它曾经发生过。所以，我们真诚地希望这本书能通过叙述老人们的经历，带领读者真实地穿越百年时光，以此来带给大家感悟。希望您在读完老人们的故事后，能不再过于执着于眼前的痛苦，而是学会用积极的心态去看待它们，并享受当下。人生就是一场梦，纵使百年。也许每一个人因各方面的差异读这些故事会有不同的感想，不过只要读完后能有所收获，那么我们相信这本书就有存在的价值。另外，多关怀理解身边的老人，不管他们是否百岁，尽量不用自己的价值观去判断他们，毕竟经历的是完全不同的时代。每个人都会老去，从他们身上，你也可以看到自己的未来。

在这里，谨代表百岁人生项目志愿者感恩尊敬的贤书法师自始至终给予的指导和帮助，感恩北京市仁爱慈善基金会，感恩百岁人生项目这个平台，感恩我们遇到的每一位老人、家人及帮助他们的人，感恩团队中的每一位伙伴，感恩志愿者们的家人，感恩这段生命历程。除了老人们带给了我们无限的感慨之外，我们彼此的相识、相知也是这个项目至关重要的意义之一。期望我们能够走进更多百岁老人的生命，也能带给这个社会更多的精彩。

任蕾于 2018 年 1 月 22 日

目 录
CONTENTS

为茶而生的茶业泰斗

1. 林则徐成为人生的启蒙和志向

上海，清朝宣统二年八月十八日（1910 年 9 月 21 日）这一天，对于 46 岁的内科大夫张绍尧和 36 岁的妇产科医生刘贞清来说，是一个大

外婆抱着满月的张天福

喜之日，盼子多年的中年夫妻终得贵子。“天赐之福呀！”父亲张绍尧喜极而叹，“孩子就叫天福吧！”

1911 年，也就是天福出生的第二年，著名的辛亥革命爆发了，一举推翻了清王朝，同时也引起社会极大的动荡不安。纷乱的局势逼迫张氏夫妇举家迁回了老家福州。巧的是同样有个福字，天福人生的大部分岁月就在被称为“榕城”的有福之州度过。

由于是独子，父母又是受过现代教育的知识分子，因此天福受到了比其他同龄人更丰富的教育。6 岁之前，父母就为他请了家庭教师，学习四书五经。到了 8 岁，他开始跟美国留学归来的表姐学习英语。

张家所住的宫巷是福州有名的“三坊七巷”之一，近现代许多政治家、军事家、思想家、文化名人在这里生活过，林则徐、严复等在这里留有故居。

宫巷里的敦本小学，是福州刘姓大商人开办的，天福和附近的大家族的子女都在这里就读。学校离“林则徐祠堂”只有几十步之遥，天福

4 岁的张天福在福州幼儿园（右一）

10 岁的张天福与父母

经常和同学们去那里玩耍，关于林则徐的事迹熟稔于心。那句“苟利国家生死以，岂因祸福避趋之”的名言被牢记，后来这句话一直挂在天福宿舍墙上或压在办公桌玻璃板下。

2. 立志要把茶叶研究作为终生的事业

1923 年夏天，12 岁的张天福进入格致中学读书。这是一所寄宿制的中学，事事都得自己来，自幼备受宠爱的天福在这里逐渐学会了独立，懂得了为自己负责。中学时期的天福十分活跃，还组织同学们拜请名师，习拳练武，强身健体。

1928 年暑假，格致中学失火，被彻底烧毁，学生们只能转学，有几个同学决定转学去上海。上海，这个父母生活过的大都市，对张天福充满了诱惑。父亲虽然很舍不得，但是在张天福苦苦恳求下，最终还是同意了让他去上海读书。

在上海，19 岁的张天福见到了繁华租界、简陋窝棚，富人、乞丐共

金陵大学国学社（前排左三）

存于一个城市，体会到外国列强对上海的压迫和蹂躏，同时也逐渐确立要强大祖国、报效祖国的志向。

高中毕业后，按照父母的意愿，张天福以优异的成绩考入在福建的协和大学。大学的第一年是基础课，学生可以带着这些学分报考其他大学的其他专业。都是医生的父母希望张天福可以学医，继承家业，本分踏实地过日子，也本以为天福就会在父母身边这所不错的学校这样安安稳稳地读下去。但在热情而年轻的报国心驱动下，经过深思熟虑后，天福认为学农比学医更合适，于是他告诉父母，要转学报考金陵大学农学院，要用实业救国。父母亲很不情愿，苦劝无果，最后只能无奈尊重儿子的选择。

张天福在全国数百名报考金陵大学农学专业的考生中以第一名的成绩被录取。在金陵大学农学院的学习中，张天福考虑到福建山区有“茶、纸、木材”三大特产，茶叶更关系到国计民生，但当时这些茶叶资源没有很好利用，茶叶产制技术还很落后，于是逐渐明晰并坚定了他的方向——“搞茶叶”，立志把茶叶的研究作为终生的事业。后来他曾回忆说：“逐渐地我就把致力于茶叶研究造福人民作为自己终生奋斗的事业。在后来的实践中，这个理想和追求在我的生命中越来越鲜明、坚定，我从中吸取了无穷的力量，即使在磨难中，也没有动摇过、放弃过。”

当时的金陵大学农学院很注重联系中国农村的实际，除了课堂上、书本里，天福和老师的足迹遍及了各地农村。同时，天福也始终牢记当年的协和大学美国教授曾教导他的“从事科学研究事业，不能有丝毫差不多的想法。科学必须严谨，凡事不能想当然”的要求。

3. 走在抗日游行队伍最前列的那个书生

张天福爱读书，但并不是一个只会读书的书呆子。由于在格致中学读书时就开始习武，在金陵大学时也一直保持着习武的爱好。他的老师是当年在国民党中央军政大学担任武术教官的万籁声老师，学习间隙，组织了二十多位志同道合的同学成立了“金陵大学国术社”，天福被选为社长。

“九一八事变”后张天福为抗日义勇军募捐义演

1931 年 9 月 18 日，日本在中国东北制造了震惊中外的“九一八事变”。当时在南京的国民党政府坚持“攘外必先安内”的政策，东北军放弃抵抗，东北三省不久沦陷，举国哗然。北京、上海的学生涌到南京请愿，南京的学生也积极配合响应。

9月28日，金陵大学和几个高校的青年学生赴南京中央政府请愿，他们有的抬着棺材，有的举着“祈战死”的旗子游行，以示誓死卫国的决心，张天福走在队伍的最前列。他们高唱抗日歌曲、书写抗日标语、要求抵制日货，号召民众奋起抗日。

12月20日，张天福带领金陵大学国术社在学校大礼堂表演武术，为抗日义勇军募款，演出所募的款项都捐给东北义勇军马占山的部队。张天福在他义演拍摄的照片上写下“立己立人，强国强种”的誓言，分送给友人，激励大家抗日。这张照片他并未留存，没想到时隔69年后的2000年6月，这张照片竟出现在人民美术出版社出版的《中国名城百年·福州旧影》一书中。原来是协和大学高两届的好朋友一直珍藏着并传给自己的女儿，在出书时贡献出来。

当年的金陵大学还组织了500名同学的队伍坐火车去上海向当时的外交部部长顾维钧示威。张天福因表现积极被选为示威的纠察队员。

4. 茶叶考察之旅，受到强烈震撼

即将于金陵大学毕业时，张天福收到了福建协和大学校长林景润的邀请书。协和大学计划筹办一所农学院，希望张天福可以回到母校工作。天福对家乡感情很深，在金陵大学读书期间，他曾认真思索过自己未来的发展。他的家乡农林资源丰富，尤其是福建红茶在海外都有很大的影响，但家乡的经济并没有因此有所改善。他希望可以在茶叶上有所作为，帮助家乡的发展。张天福接到邀请非常激动，欣然应允。林校长安排天福去生物系任助教，同时筹办农学院，创建一个农场。

生物系助教每周只要求三个半天上课，其余时间张天福可以好好研究茶叶，这种安排令他非常满意，当然更加满意的是林校长，得到了一位难得的人才。

由于一直以来的学习都是理论与实践相结合，使得张天福的动手能力很强，他迅速从附近的农村招收了农工，按照自己的规划设计对农场进行建设，开垦、种植菜园、果园、各种作物，管理得井井有条，这里也成了协和大学农学院的试验场。

张天福的第一个月工资就有五十大洋，他想应该把钱给父母或长辈以报答他们的养育之恩，但母亲劝他留着买点需要的东西。

“妈，我早就想买一台柯达相机。”

天福不好意思地说出自己的想法。那时候一台柯达相机需要五十八块大洋，做父母的很了解儿子，知道他是科研和教学工作需要才会提出，于是“赞助”了他八块大洋，天福终于拥有了自己的相机。1933 年 11

1933 年 11 月 20 日“福建事变”发生时召开的“中国全国人民临时代表大会”

月 20 日，在中国共产党的影响和全国抗日救亡运动的推动下，福州发生了震惊中外的“福建事变”。国民党第十九路军在福建福州发动抗日反蒋事件，事变后建立了反蒋政权。1934 年 1 月 15 日，蒋介石军队攻陷福州。反蒋政府和十九路军总部分别迁往漳州和泉州。同年 1 月 21 日，泉州、漳州失守，福建事变失败。

事变获得了民众的支持和同情，其间，张天福不仅走在举着横幅标语的游行队伍前头，还用自己的相机拍摄了不少珍贵的镜头，回校后把照片冲洗出来贴在学校的公告栏里，引起很大反响。

事变结束后，张天福又把精力放在了茶叶研究和生产上。

中国茶史的起源众说纷纭，有先秦说、西汉说、三国说，而茶以文化面貌出现是在两晋南北朝。公元 805 年日本的最澄禅师首次从中国带茶种到日本，并在滋贺县日吉神社旁种植，从此日本开始种植生产茶叶。公元 1168 年和 1187 年，荣西禅师先后两次到中国求学于临济宗，并对茶学进行研究。回国时，将大量茶种和佛经带回日本，创立了日本临济宗，被奉为始祖，并在佛教中大力推行“供茶”仪式，饮茶之风再次盛行。日本人善于吸取外国的先进技术，虽然茶和茶文化都由中国引入，但茶叶发展却快于中国，机械化制茶效率很高，受到世人关注。因此张天福希望去日本、中国台湾考察学习一下。林校长很理解张天福对茶叶研究的理想和抱负，1934 年暑假，学校特意补助 100 块大洋派他到日本和中国台湾考察。

他坐轮船到上海，从上海乘火车到北平，从北平到沈阳，又从沈阳到朝鲜，最终从朝鲜的釜山到了日本的神户。当时朝鲜和中国东三省一样也被日本占领。一路上哨卡林立、层层盘问，张天福看到日本人到处侵略的事实，更加希望祖国强大起来。

考察期间，张天福把自己的时间安排得满满当当，在日本，他发现日本非常重视茶叶的创新栽培技术，并且日本茶叶制作已经进入现代机械化大生产，采用各种生产机械，生产工序严格，产量不仅大而且稳定。

台湾在茶叶生产方面同样领先很多。暑期即将结束的时候，张天福结束了茶叶考察之旅。通过这次考察，张天福受到强烈震撼，确信当时中国的茶叶必须走机械化的道路，否则无法改变落后的状况。

5. 要中国农业不落伍，所以站在振兴农村的最前线

1934 年，张天福作为年轻的茶叶专家陪同时任福建省政府主席陈仪组建的“福建省政府考察台湾实业团”第二次来到台湾考察。由于这次不像上次那样匆忙，所以在半个月的时间中获取了大量宝贵的一手资料，回去后立刻撰写了《台湾之茶业》的考察报告，用大量的数据全面介绍了台湾的茶业品种、产地、制茶工艺等，他写道：“台湾组织制茶公司，倡用机器，设立茶业共同贩卖所、茶业试验场、茶业传习所、检查所、模范茶园等，那是为了谋台茶之改善与进步”，而“反观内地茶业，日趋衰败，其原因虽受国外产茶国之倾轧竞争，及农民缺乏组织，与不知利用科学方法，作栽培制造商之改良；但过去政府之缺少注意，亦不能尽辞其咎。致素以产茶著称之我国，反蹚乎他人之后，曷胜慨叹”。

这篇文章引起了陈仪的重视，他决定在世界三大著名工夫红茶之一的“坦洋工夫”产地坦洋办茶叶改良场，并特意安排张天福去负责这项工作。坦洋位于福建福安北部白云山东南麓，坐落在群山环抱之中。坦洋红茶从 19 世纪中期开始行销世界 20 多个国家和地区，声名远扬。1915 年福安县商会选送的“坦洋工夫”茶与茅台酒等同时荣获巴拿马万

国展览会奖项。但到了清朝末年至民国初期，因为连年不断的国内外战争，政局动荡，贪官污吏横征暴敛，茶市不振，而日益衰落。陈仪不想让这个世界名牌成为遗憾，希望张天福通过办坦洋茶业改良场为振兴福建茶业做一些事情。天福非常兴奋，多年的学习和实践终于有了用武之地，他认为不仅应办茶业改良场，还应办一所茶业学校培养人才。

张天福将选址地点定在福安县社口镇，规划、购地、厂房建设等工作，所有的事情均亲力亲为。1935 年 8 月终于建成福安茶业改良场，同时并创建了“福建省立福安初级农业职业学校”，第一届招生 83 人，一年后更名为“福建省立福安农业职业学校”。张天福为农校立下校训“实事求是、身体力行”，作为对学生的要求，同时也是自己的座右铭。

1936 年他在《安农校刊》茶叶专号卷首语里写道：“在纪念安农的一周年，我们没有太好的文章或是什么苦干的经过为自己吹牛……我们

20 世纪初期福安茶农手工焙茶的情景

要中国农民不落伍，要中国农业不落伍，所以才站在复兴农村的最前线，做个带路的急先锋。在这前进的路途中，所碰到的挫折、阻挠、困苦、危险，我们都认为是必然的波折。我们仍是镇定地在实际工作里想办法，本着实事求是、身体力行的初衷，以达到我们的最终目标。”

6. 生产的红茶在香港卖出天价

1936 年 2 月 25 日，全国经济委员会农业处决定在南京召开全国茶业技术讨论会。27 岁的张天福代表福建与大家一起讨论拯救茶业的改造方案。会上他与其他九人一起被推选成立“茶业栽制研究委员会”，并对他开展机械化生产茶叶的计划进行了汇报。作为主管单位的中央农业委员会领导也被他的精神打动，当场决定拨款 3000 元给福安茶业改良场用于购置机械设备。

张天福回到福安立刻用这笔意外的补贴向日本伊达制茶机械厂订购了全套红茶机械制造设备（其中尚存的一台伊达揉茶机，现收藏于北京农业展览馆）。

经过大半年的安装调试，1937 年 4 月机器正式投入生产。这在当时是轰动茶界和全省的了不起的事件。每天各地前来参观的茶农、群众、机关工作人员和学生络绎不绝。

1937 年春，第一次用这些机器生产出的“坦洋工夫”红茶质量上乘，交香港英商“裕昌洋行”，出售价达每 50 克 75 两银元，创造了茶叶在香港售价的最高纪录，名震全国。张天福仍不满足于此，每日废寝忘食地试制，不断提高水色、香味，茶叶专家认为这些茶比过去的福建红茶品质大大提高，可以和祁门红茶媲美，在香港不断受到民众的追捧。

7. 在重庆开会，遇到日军空袭

1939年4月的一天，张天福突然在报纸上看到《国民政府将在重庆召开全国生产会议》的消息，意外地看到自己的名字被列在茶叶界代表上，而且是唯一代表，于是决定赶去重庆参会。他先坐汽车到广西桂林，然后坐飞机到重庆，当时国民党政府已经从南京搬到了重庆，重庆成了“陪都”。

由于到得早，张天福决定去拜望两位老师，一位是中央农业试验所所长谢家声先生，他原是金陵大学农学院院长；另一位是实验所副所长沈宗瀚先生，他早年毕业于北京农业学校，后获得美国康奈尔大学博士学位后在金陵大学任教。

沈老师见到天福后很高兴，告诉他会议结束后就不用回福建了，留在中央农业实验所搞研究工作。张天福一点思想准备也没有。5月3日是令张天福非常难忘的日子。晚上他在宿舍休息，忽然响起了三长两短的空袭警报声，日本人的飞机要对重庆进行轰炸。人们慌张地四处躲藏，很多人跑向防空洞。张天福人生地不熟，不知道该往哪里跑，只是躺在床上，熄灭了灯光。日本的敌机来得相当快，不到二十分钟，震耳欲聋的一串串爆炸声和人们的尖叫声混杂在一起，还有烟雾和恶臭传来。张天福心里一紧，没有去防空洞，就钻到桌子下面吧，万一房子塌了也有个遮挡。房子的玻璃被震碎了，哗啦啦大大小小散落了一地。但幸运的是，房子并没有塌，日本人的飞机丢完炸弹终于飞走了。

警报解除，张天福在漆黑的房间里摸到行李箱，赶紧逃出去。门外是个长长的巷道，有的房子被夷为平地，有的还在燃烧，断壁残垣。从血肉横飞的尸体和杂乱的瓦砾中摇摇晃晃地走到巷口，突然听到有人大声叫自己的名字“张天福，张……”原来是沈宗瀚老师，他担心自己学生的安危，冒着生命危险从防空洞里跑出来寻找天福。

几天后，到会议指定地点报到后，张天福遇到了时任农业促进委员会主任穆藕初先生，一位著名的爱国实业家。穆老好像对年纪轻轻的张天福挺了解，一见面就给他布置了新任务，农业部要在西南地区办一个茶叶试验场，让张天福飞到云南、贵州、西康、四川等地考察一下。张天福很兴奋，很是感激穆老对自己的信任，欣然接受，趁会议还没有开始的这些时间完成这个考察任务。

他拿来地图，仔细地研究了一下路线，然后就出发开始川黔高原的考察。未经开发和破坏的自然风光很美，但是却无心欣赏，很多地方的落后贫穷触目惊心。路过云南某县时，看到政府门口站岗的士兵穿的破烂不堪的裤子连腿都遮不住，张天福感到深深的不安。落后被人欺，国家一定要强大。

一路风餐露宿，经过了四川成都、自贡、宜宾，西康的雅安，云南的昆明、曲靖，贵州的遵义、安顺、贵阳等地。经过反复比较斟酌，张天福将茶业试验场基地选址定在贵州遵义东边100公里的湄潭县郊区，这里气候温暖湿润，地势开阔，土壤肥沃，有一块100多亩的平地和理想的丘陵山地。

考察结束后，回到重庆，在会上，张天福提出了一个发展西南五省茶叶生产的提案，从茶界的形势、目标与实施办法、产茶区的交通等方面做了详细论述，得到与会代表的好评并很快通过。这份提案也引起了当局高级官员的兴趣和注意。

8. 创建了福建示范茶厂

1939年11月的一天，张天福在重庆国民政府经济部为湄潭县筹建茶厂的事情联系工作，十分意外地在门口碰到福建省政府顾问徐学禹。徐学禹对他说："我们知道你在重庆，现在福建省政府要和中国茶叶总公司在崇安县合办一个福建示范茶厂，请你回去当厂长。小汽车就在门口，这是从福建开来重庆的车，明天就返回。"事情太突然了，张天福拿不定主意。

"工资给你300大洋一个月，开办费100万元，中央和福建各出一半。"徐学禹说。

"可是我回不去呀，我已经被农业部留下来筹建贵州湄潭中央茶叶试验场了。"张天福说。

徐学禹建议他好好考虑一下。

张天福想了一夜，贵州的事情是创造性的，机会难得；可是家乡也需要自己，还有年迈的老父亲抱病在家，也需要照顾，他又是独生子。一夜未眠的张天福做出决定，回家乡去！

他没有时间跟老师一一道别，写了一封信让别人转达，匆匆登上了返乡的汽车。汽车颠簸了两天，在江西境内了，忽然汽车被拦住。原来是省政府的一位官员，"车上有没有一位叫张天福的先生？"

车里的人都很吃惊，张天福下车后问清楚缘由。

原来是农业部顾问邹秉文先生为这个事情专门拍来电报，委托省府的人想劝回张天福。邹先生是农学家、植物病理学家、农业教育与社会活动家，辛亥革命前留学美国，回国后曾任金陵大学、南京大学教授，是全国农业方面最具权威的教授。

邹先生在电报里希望张天福无论如何返回重庆，把湄潭茶叶试验场办下去，名字之后是“谨恳”两个字。张天福非常感动于邹老先生的信任和器重。但是考虑到已经到南昌，加上车上的人不断劝阻，张天福还是没有按照邹老的意愿返回重庆。为此，张天福遗憾了很久。

2005年，还有人在《茶苑》杂志第二期著文《名人与黔茶》中提到“张天福是含辛茹苦筹建湄潭中央茶叶试验场、开发贵州茶叶的有功之臣”。

回福建后不久，时年31岁的张天福被正式任命为福建示范茶厂的厂长。他又开始了没日没夜的奔忙，顾不得回福州探望生病的老父亲，即便是春节这样团聚的日子，他仍然顶着凛冽的寒风，过家门而不入，奔赴茶厂所在地崇安赤石。

茶厂要建办公室、职工宿舍、机械工场、精制工场等，同时创建的还有崇安县立初级茶叶学校、苏皖技专学校，由他兼任副教授、校长，培养和输送茶叶人才。他利用办厂经验与教学机会，大量收集有关资料，编写茶树栽培、茶叶制造教材，提高茶叶生产的科技含量。

这种一边生产一边培养人才的模式为当年的福建茶叶发展发挥了很大的作用。按照这个模式，开垦了新式茶园4000多亩，创建茶叶初制、精制厂，设茶树品种园、气象站、畜牧场，并在福安、福鼎设分厂，在武夷山、星村、政和设置茶所，与协和大学合作，进行岩茶含氟量等生化分析、茶树品种、施肥、植保等研究，与福建省合作事业局开展茶农生产贷款等业务。不长的时间里，张天福就使示范茶厂形成了集“生产、制造、销售”和“科研、教育、推广”等相结合的一条龙体制，这在当时的茶区是前所未有的。

1942年，由于这个厂各方面基础较好，条件优越，改为直接隶属财政部贸易委员会直属茶叶研究所。新中国成立后担任农业部副部长的吴觉农当时称赞：“巍峨的厂房”“广阔的良好基础”“确实是一个十分理想和非常适宜的厂址”。

9. 冒险保护了被国民党追捕的学生

1941 年初春的一天，张天福在福建示范茶厂到处走走，这是他的工作习惯，下乡、到基层、到职工宿舍、到茶农农家小院、到茶山、到制茶车间，摸摸情况，掌握一手资料。来到一个车间门口，突然出来一个“不速之客”。

“张校长，”那个人嗫嚅着跟他打招呼。

“你，你是蔡润生，福安人，和吴振铎同一个班的吧。”

“没错，校长记忆力真好，好几年了还记得这么清楚。”蔡润生回答。

原来这个人是张天福在省立福安农业职业学校的学生，参加了进步学生运动，被校方开除学籍，正在被国民党当局追捕。他的父亲是中国共产党地下党员，交通站的负责人，已经被抓走了；舅舅是中共福建特委书记，被害于三元（现三明列东区）监狱。正因为他的家庭情况，国民党正在加紧追捕他。

“我差一点就被抓住，现在投奔您，求您救救我！”

对学生的爱国行为，张天福一向是给予极大支持和帮助的，而且一日为师，终身为父，张天福一直爱自己的学生如父亲爱孩子一样。

“别怕，我这里绝对安全，”张天福告诉他，“我这儿正好缺少你这样的人才。”

蔡润生住了一夜后，拿着张天福的介绍信直奔他直管的政和制茶所，以“技术员”的身份作掩护，留下来工作。

那个地理位置非常偏僻的制茶所把蔡润生保护得非常好。抗战胜利后，蔡润生应北京大学之聘开始做研究，后来成为我国著名的抗生素和微生物专家，是我国早期四大抗生素学术带头人之一。

冒着被连累的风险掩护学生，也算是生死之交了。

2007 年蔡润生因病逝世时，他的夫人写信给张天福，信中说："恩莫过于救命之恩，没有张老师之救，也没有今天润生在科研上的成就，我衷心感谢张老师的恩情。"

10. 拯救了差一点就失传的名茶"正山小种"

产于武夷山桐木关的正山小种，是世界上最早的红茶，亦称红茶鼻祖。历史上该茶以星村为集散地，又称为"星村小种"。茶叶是用松针或松柴熏制而成，浓香四溢。桐木关在星村西北部，地处中国东南大陆最高峰——黄岗山的西南深处。这里峰峦叠嶂，山高林密，雨量充沛，潮湿阴凉，日照时间短，为茶叶的生长提供了绝佳的自然条件。但这里非常偏僻，人烟稀少，与外界几乎隔绝，社会的动乱使得这里成了土匪出没的地方。他们打家劫舍，茶农苦不堪言，茶园荒芜，民不聊生。

为了研究正山小种的发展状况，张天福带着几个人和一担银元前往桐木关考察。他翻山越岭，借宿荒野人家，冒着生命危险从星村出发，兜里揣着抢，徒步走四五十公里的山路来到这里。

考察后又比较了国内外茶叶生产的现状，张天福认为这样零星散户生产茶叶没有前途，唯一的办法是把他们组织起来，才能达到规模化生产的效果，组织合作社非常重要。他把沿途的茶农、确有茶山和毛茶的生产者组织起来，成立了三个茶叶生产合作社，并直接给予信用贷款、开山贷款、下山贷款三种贷款。合作社及社员有40余人，茶叶收上来后，由茶师进行评级，茶农直接参观茶师的审评，对审评过程的公开公正公平都感到很满意。

张天福非常注意保护茶农的利益，在他的组织扶持下，正山小种得以新生延续。如果当年没有他冒着生命危险来挽救这种名茶，正山小种很有可能失传。

11. 研究发明了农民买得起的揉茶机

揉茶是制茶过程中一道必不可少的工序，揉茶的工艺意义在于将松散的茶叶卷曲成条索，并破裂细胞壁以利于冲泡中茶汁释出，在手工制茶中，揉捻程度的轻重对成茶品质有着重要的影响。中国人在很多年的制茶过程中都是用脚来揉茶的。

1931年天福在金陵大学读书时看到日本报纸上的一张照片，“支那人”拖着一条长辫子，裸露上身，赤着脚在地上揉茶。日本人的照片中充满了讥讽和对自己的技术优越感。这件事情深深地刺激了张天福。虽然他已经在不断地推动福建机械化产茶的步伐，但对于普通的茶农而言，机械化是不现实的。10多年来，张天福就一直想为中国分散又贫穷的茶农设计一架造价便宜、操作方便，可以手推的揉茶机。

当时的农村并没有电。张天福不断琢磨机器的构造，反复推敲、修改，把绘制好的图样寄给当时任农产促进委员会主任委员的穆老，穆老看到他的设计，很快回信，给予了热情洋溢的鼓励。张天福请来一位木匠，按照他的图纸制造了样机，除了轴承是铁质的以外，其他均为木质，成本50元左右。最初设计的揉茶机是双筒式的，经过试验发现虽然容量

张天福在九一八揉茶机旁

大但并不省力，效果不理想。于是又改成单桶构造，圆形、方形各一台，进行对比试验。试验后发现单桶圆形最省力、最方便，揉捻的茶叶条形也比较紧和易定型。有了它，不仅提高了卫生水平，而且茶汁不会流失，保证了茶叶品质，效果非常理想。

1941 年，这台揉茶机问世，张天福为它取名“九一八揉茶机”。人们问他为什么叫这个名字，他回答，我的设想始于 1931 年 9 月 18 日，我们要永远不忘国仇，驱逐倭寇，振兴中华。

后来张天福又做了一些改进，将揉盘、揉桶改为双动式。双动就是推动时上面的揉桶可以动，底下的揉桶同时同向转动，同方向不同转速形成双动，这样十分省力，揉茶的速度加快，揉茶效果更佳，被称为五三式揉茶机。

五三式揉茶机样机制成后，当时的省委领导观看生产程序后非常满意，决定由省政府补贴部分经费，组织各方赶制了 100 台，曲轴部分铁质的 50 元，木轴的揉茶机每台定价 20 元，后降为 10 元，向产茶县推广使用。1954 年，因五三式揉茶机不适用于乌龙茶与绿茶的小批量杀青，又把揉桶改小，制成五四式揉茶机。

揉茶机的使用，大大降低了茶农的劳动强度，提高了茶叶生产水平和茶叶的质量，受到茶农的广泛欢迎。揉茶机先后在福建茶区推广近万台，是福建迈向机械制茶的第一步。

12. 照料日军细菌战的受害者

1942 年，张天福谢绝福建省政府主席要他担任福建省茶叶管理局局长的安排，应老校长林景润之邀回到协和大学，当时的协和大学已因为抗战搬到了邵武。协和大学有一所附设的高级农校，张天福担任农校校长的职务。在农校期间，他很重视培养学生们理论与实践相结合的新校风，培养学生们“手脑并用”的良好习惯。学校办了一个木工厂，工厂制造的张天福设计的九一八揉茶机，既可以制茶，又可以让学生们学习茶叶课程。

1943 年秋，日本人搞细菌战，致使邵武地区鼠疫流行。一名吴姓学生不幸染上鼠疫，被隔离在照春山上的一座破庙里，庙里没有床，只在地上撒了薄薄的石灰，席地而卧。政府当局安排的护工虽然会定时前往发消炎药，但害怕传染，只是放下药就匆匆逃离。患病学生病入膏肓，已经无法自理，根本无法服药。张天福一向将学生视为自己的孩子，听说后非常着急，他说这怎么行呢？当即自费购买了当时相当贵的磺胺类药物，要去探望学生。周围人都阻拦他，也有教师表示可以替代前往。张天福说，我是校长，我不去谁去？我抵抗力强，没事的。于是，带着药物的张天福被特许进入学生隔离的破庙中，亲自照顾学生服药，但很可惜，那位学生并没有活下来。张天福下山后果断地让学生们停课回家，一个多月后疫情减轻，学校才开始复课。

13. 迟来的婚事

1945 年，艰苦的八年抗战终于取得了胜利。这个时候，张天福接到协和大学下一年的教授聘书，同时也接到农业部部长的信，让他回崇安接收中央茶叶实验场。张天福犹豫再三，还是告别母校，四年后又重回崇安。由于战火的原因，那时的崇安茶场满目疮痍，一片狼藉。

当时的张天福已经 36 岁，依旧未婚。一天，他遇到协和大学的校友吴其瑞，谈到自己的妹妹吴端宜，毕业于北京协和医院大专班，现在是福建协和医院护士学校校长，虽然 32 岁了，还是单身。两人经介绍见面，却是一见钟情。1946 年 5 月 5 日，两人举行了婚礼，生活其乐融融，两年后，大女儿出世。当时，夫妇俩一个工作在福州，一个在崇安，两地分居，很不方便，于是吴端宜辞去自己的工作，跟随张天福到崇安做了一名场医。

14. 茶厂被溃败的国民党兵抢劫

1949 年 4 月 22 日，中国人民解放军接管了国民党政府统治了 22 年的上海。崇安是江西通往上海的要道，那几天一向清净的山城崇安变得乱哄哄的，到处是溃败的国民党军队。因为是采茶季节，张天福赶着到岩上制茶，给实验场员工留下两把手枪。一个国民党伤兵闯进茶场抢走了两部电话，随后而来的士兵看茶场没有什么可抢的了，就把办公室和厨房的门板和玻璃等砸得稀巴烂。茶场工人自卫，反而被这群士兵抢走了枪，还打成了重伤。张天福赶紧指挥大家把工人送往邵武县医院救治。当时茶场已经没钱支付医疗费了，就卖掉场里养的一头牛换一些钱救人。

7月10日，中国人民解放军第二野战军第4兵团15军54师顺利接管了崇安。崇安成为解放军在福建最早进驻的县城之一。张天福看到解放军整齐的队伍、严格的军纪，很受感动，带领工人们泡上好茶请过路的解放军官兵们喝。过了几天，张天福到崇安城，找到人民政府所在地，请求政府安排对茶场的接管。

新中国成立前后，很多原国民党政府部门和企业负责人，趁着社会动荡，政府混乱，大捞特捞，张天福却在解放军到来之前召开职工会议，宣布了严格的纪律，要求大家做好财产保护，专人负责，分毫不可私吞。

茶场顺利交接，职工们的生活有了保障，工资由县政府发放。张天福每月可领到140斤大米，算是当时的“高工资”了。1949年9月，张天福被任命为福建崇安茶厂厂长。1950年1月，又被调往福州协助成立中国茶叶公司福建省公司。

新中国初期百废待兴，张天福也干劲十足。省茶叶公司不仅要统管全省茶叶贸易工作，采茶、制茶、收购、科研、调拨等都得抓。张天福认真考察挑选技术骨干，重建崇安茶厂，又成立了福安、赛岐、福鼎等茶厂，而且茶区各县都要设茶叶收购站。为了做好毛茶收购，张天福经过仔细研究，制定了科学完善的各个等级标准样，指导和促进茶叶质量的提高。又专门招考了茶叶技师，报名的有100多人，集中在福州，由张天福授课。通过考试录取了30多人，分配到各地使用。

1952年，张天福被调到省农业厅任改进处的科长，后改进处改为农业厅特产处，张天福被提任为特产处副处长。

15. 在最困难的灾年里，靠自救度过

1936年，国民党福安县党部书记林书记看中张天福年轻有为，要介绍他加入国民党，为了事业和工作方便，张天福答应加入了。加入后没有参加过任何活动，也并未交过党费。1939年张天福曾作为茶叶界的唯一代表参加了国民政府在重庆召开的全国生产会议。会议最后一天的下午，国民党中央军事委员会委员长蒋介石和行政院院长孔祥熙都来参会。蒋介石还发表了10分钟的演说。当晚孔祥熙举办宴会招待会议代表，近60人挤在长条桌两边采用“中菜西食”的方式庆贺会议圆满成功。突然孔院长站起来说：“我愿意介绍在座的各位代表参加国民党，从此你们就是国民党党员了。”事过半年，张天福真的接到“渝”字号国民党党证一张。

1953年，时任省农林厅厅长，也是民盟福建省委主席的林植夫非常欣赏张天福的为人和工作作风，多次动员张天福加入民盟，他说“参加民盟的都是热心社会主义建设的知识分子”，张天福经过认真思考后同意了。

1957年，一场声势浩大的政治运动席卷了整个中国。7月1日，《人民日报》发表社论《文汇报的资产阶级方向应该批判》，社论指出：“民盟在百家争鸣过程和整风过程中所起的作用特别恶劣。有组织、有计划、有纲领、有路线，都是自外于人民的，是反公反社会主义的……呼风唤雨，推涛作浪，或策划于密室，或点火于基层，上下串联，八方呼应，以天

下大乱、取而代之……就是所谓资产阶级右派人物。”

张天福专注茶叶事业，三句不离本行，平时只谈论业务，不涉及政事，但他是曾经的国民党员，现任的民盟成员，可想而知他的命运。1959 年的一天，他接到农业厅人事处处长的一封密封了的介绍信，处长说厅党组决定让他去崇安茶场劳动改造。张天福明白了，他已经被划为“资产阶级右派分子”了。

张天福默默回到他阔别八年的崇安。“张厂长回家来了！”职工们听到这个消息都来看望他，对他的不公平待遇感到同情难过。他们为他安排住房，提供种种便利。职工们的热情给了张天福很大的慰藉，他很快忘记了自己的遭遇，又满腔热忱地投入茶叶事业中。当时 50 岁的他白天和职工们一起汗流浃背地劳动，手把手教职工们技术，晚上人们围着他这个“右派”说说笑笑、亲亲热热，他怎么看也不像被批判的右派，大家都认可他是茶场的“开场元勋”，是为茶叶呕心沥血的专家。

老子说“祸兮福之所倚，福兮祸之所伏”。张天福坦然接受了这些，也的确因为右派而因祸得福。

到了崇安茶场后，每月工资被扣掉很多。1958 年“大跃进”运动以来，人们放开肚皮使劲吃，到了 1959 年就出现粮食短缺、饿死人的事情。张天福还得省出少得可怜的生活费寄给家里的妻儿。好在职工们懂得灾年自救，在茶场边边角角种番薯，在茶树间隔处套种番薯，这样不仅没有闹饥荒，还有剩余。更难得的是，茶场还可以在附近军用机场服务部买到牛油罐头，番薯涂牛油。张天福绝处逢生，不仅没饿肚子，还躲过了当时茶叶高产放“卫星”的任务，奇迹般地避免了很多当时社会上的冲击。

只是当时 77 岁的母亲在家里病重，限于当时的处境，张天福没有能够回家看望。1961 年 1 月 17 日传来噩耗，母亲去世，张天福悲痛欲绝，赶回福州，在母亲入棺前作了最后的诀别。

16. 开发的新技术为茶农找到一条好路

1962 年，张天福突然接到农业厅的通知，让他回来工作。原来三年自然灾害刚刚过去，恢复生产的任务很重，茶叶生产没人抓，就把张天福调回来协助工作。其实大家也一直认为张天福就是一个单纯的技术人员，所谓的历史问题也早已交代清楚，并不情愿真的太为难他。

张天福很高兴又回到了工作岗位。他深入茶区进行调查，发现全省都在大量开辟新茶园，但茶树是多年生深根植物，只要种植下去就要在那里生长几十年、数百年，不少新茶园并不符合标准。不仅茶园选址有问题，有的掘土不够深、不挖蓄水渠，而且管理也存在很大问题，水土、肥料流失严重，甚至冲坏山下良田；茶树生长不良，严重影响茶叶产量和质量。

张天福走遍茶叶产区，所到之处都宣传先进的种植和管理经验，他意识到茶叶要走上良性发展道路，茶园基础建设工程是第一步，茶叶要稳产、高产，关键是新茶园所产茶叶要符合质量标准。

他不断总结新的技术方法，如何做好水土保持，如何深挖种植沟，如何利用表土回沟、施基肥。因为采取田间工程和生物技术相结合的方法，能确保茶园水土不流失，并建立机采茶园的基础，创高产、稳产、优产，降低了生产成本，提高了劳动效果和经济效益。这是建立高标准新茶园最完整、最全面的技术措施，受到广大茶农的欢迎。张天福命名这项科研成果为“梯层茶园表土回沟条垦法”，并将同名文章发表在 1965 年底 2 期《茶叶科学》杂志上。这项课题研究的成果，得到了农业部和各省茶产区的重视，得到了全国同行的认可和推广，为茶农找到了一条富裕之路。

从1962年调回农业厅工作，张天福依旧是默默低调工作，开展了福建白茶、龙岩斜背茶等的调查，撰写了一批有分量的学术论文，如《农业“八字宪法”在茶叶栽培上的应用》《关于福建茶园耕除与施肥问题》，等等。

正当他的“梯层茶园表土回沟条垦法”要在全国总结推广时，“文化大革命”开始了。

17. 下放寿宁县，指导龙虎山茶场建设

1966年3月，北京召开全国生产会议。鉴于张天福在茶叶界的突出贡献，农业部领导直接给福建省农业厅副厅长打电话，要求张天福来京参加会议。平时农业部领导到福建开会或检查工作，也会单独请张天福到宾馆谈一些业务上的问题。张天福对这次邀请非常感动，他准备了充分的材料和建议准备会上提出。这次会议由李先念副总理主持，周恩来总理发表了重要讲话，可见规格之高。作为一个农业专家，张天福受到很大鼓励，这么多年风风雨雨，虽然被扣上右派的帽子，但他感到党和政府还是很重视他。

全国生产会议刚刚结束，1966年5月16日，中共中央政治局扩大会议通过了《中国共产党中央委员会通知》，“文化大革命”开始了。在之前的一次讲课中，张天福应大家的热情要求表演了一个节目，讲了几个国民党执政期间山东省政府主席韩复蕖的笑话。“文化大革命”刚开始，农业厅图书馆的一张大字报揭开了张天福的“画皮”，说右派翻天了，那次讲笑话是借古讽今，恶毒攻击共产党，美化军阀。批斗牛鬼蛇神的序幕拉开了，红卫兵立刻赶到张天福住处搜了一个遍，日记本、相片、文件，塞

了一个大包背走了。张天福被勒令住“牛棚”，不允许回家，时刻准备交代罪行，上街游行示众，要戴高帽子，挂“反动学术权威——张天福”的大牌子。张天福夫人在学校也惨遭欺凌，很多个人物品被当作重要罪证没收，然后被赶出学校，将她的住房作为造反司令部的办公室。借着破四旧，一些珍贵的藏品不翼而飞，稍有不从就会被拳打脚踢，剃阴阳头。张天福一家，忍耐、忍耐又忍耐。“留得青山在，不怕没柴烧”，受一点皮肉之苦，无所谓。张天福干着最脏、最累、最重的活，将近60岁的人了，扫厕所，扛桌椅，搬行李，任劳任怨，总是努力令造反派满意，不满意再重做。

一天，他看到农业厅副厅长谢毕真也被放进了“牛鬼蛇神”的行列。1937年参加革命，同年参加共产党的谢毕真，是老红军、老革命，1945年在广东被捕，掏空监狱墙角的洞口逃出来，重返部队。越狱后的第二年，他的父母被当局杀害，房子被烧毁，家破人亡。

谢毕真精心培养的一位年轻人竟然说他“被捕叛变”，并贴出了大字报。给他戴高帽子挂牌游街，大会小会无数次批斗，严刑逼供交代“罪行”，捏造假材料，欲加之罪何患无辞。

谢毕真被定为“叛徒”，开除党籍。

张天福不相信这些，他敬重谢毕真的为人，每次造反派批斗谢毕真，张天福会被拉去陪斗，他想为谢毕真承受一些皮肉之苦，但他是“资产阶级反动学术权威”，根本没有代人受苦的资格。张天福在磨难中活了下来，谢毕真在“牛棚”里成了他的难友，也活了下来。

挨到1970年腊月，农业厅的负责人说，不能让坏分子在福州过年，要被扔到寿宁县劳动改造。张天福和其他十多位被认为是顽固不化的“危险分子”被押上货车。寿宁县的人真诚淳朴，他们送鱼送肉送青菜，热情地款待他们。寿宁县委书记秦光知道他们都是国宝级的专家，不怕丢乌纱帽，把他们都安排在相关部门工作。本来张天福是要去偏僻的犀溪公社，但在生产队待了三个月就被调到县茶叶局。只要能做与茶叶有关的事情，张天福似乎忘记了他的“政治待遇”，全身心投入。县茶叶局要在南端的武曲公社国营龙虎山茶场建设丰产茶园，安置一批知识青年，想派张天福去指导，张天福愉快地接受了任务。茶场党支部书记兼场长王维椿，在欢迎会上说，我们全权委托专家张天福负责茶场生产，全体职工都要听他领导，哪怕他错了，也要按他的意见办！场长对他的信任打消了很多人心里的疑虑。在那个年代这样的信任是何等的宝贵，时年63岁的张天福被这份信任激动得说不出话来。他又开始忙碌起来。

大队乡间，交通不便，全靠步行。他白天考察，晚上讲课，忙得不亦乐乎。为了强壮身体，他每天都要去溪里洗冷水澡，山泉水很冷，大家看他这样洗都吓坏了。

下放期间他常步行到十几里外的茶科所借阅图书，风雨无阻准时归还。他退休时，将自己几十年珍藏的几百册图书资料全部捐赠给茶科所。

他听说谢毕真也下放到寿宁县斜滩公社劳动改造，虽然同在寿宁县，但他们的两个地方相距有20公里左右，张天福不顾自己年纪大一些，隔十天半个月就过去一次，两人相互安慰、鼓励。“文化大革命”后谢毕真调任省新闻出版局副局长，一直牢牢记着张天福和他非常时期的友谊。

18. 人生的意义不在于享受多少，而在于贡献多少

1976年10月，历时十年的“文化大革命”终于结束。和张天福一起被下放的“危险分子”一个个陆续返回了福州，安排了工作，只有他还原地不动。一份份申诉书石沉大海。几经奔波，直至1979年春天他

才被调回农业厅，1980 年才最终被平反，落实了政策，宣布无罪。整整二十三年时间，据说在张天福档案里并没有任何被打成“右派”、“现行反革命”的材料。

1980 年，张天福拿到了退休证书，但这并不意味着他的茶叶事业就此结束。相反，他要抓紧时间把这些年的损失弥补回来。他接受了省农科院的聘任，担任福建省农业科学院茶叶研究所的技术顾问。在一般人心目中，顾问就是一个清闲的头衔，像张天福这样拼命的顾问并不多见。他还担任了福建省政协第一、四届委员，第五届常务委员会委员。他跑遍全省做调研，在 1982 年到 1984 年间，提出了《建议在福州设立茶业研究中心》《建议统一茶业管理体制和经济核算》《建议保留生产闵红三大工夫和正山小种红茶》等诸多提案，并组织了 100 多位相关人员，主持了“乌龙茶做青工艺与设备研究”课题，夜以继日忙了 8 年，做了 3000 多批次实验对比数据，审评了上万个茶样，试验成果在 1987 年 5 月通过省级技术鉴定：“该研究首先应用人工控制环境条件于做青工艺，克服不良天气对做青的影响，稳定和提高产品质量，对乌龙茶生产有广泛的指导意义。”1991 年，该项研究成果荣获福建省科技进步二等奖。

张天福一生奉行“三不”：一不失信于人，二不贪污一分钱，三不求人。在负责“乌龙茶做青工艺与设备研究”时，课题经费几十万由他掌控，而他当时仅在茶科所领取几十元补尾工资。课题完成后，他将课题经费与设备交割得一清二楚，滴水不沾。

张天福被列入《中国农业百科全书·茶叶卷》现代 10 个茶叶专家之一，并被载入《中国当代名人录》，为此他感到很不安。在《中国茶叶大词典》编纂时，编委会对现当代茶人哪些能选进“茶人部”存在不同意见，甚至发生激烈的争吵，可是对于张天福先生，大家却毫无异议，一致同意他作为当代10位老一辈茶人之一，编选入这部皇皇巨著。他在多次讲话中提到，他认为人生的意义不在于享受多少，而在于贡献多少，不在于拿多少，而在于给多少，他给的还是太少了。在茶叶事业上，他始终感到有负担、有责任、有紧迫感。因此，当他领到退休证后，他想到的不是回家享受天伦之乐，而是想趁着改革开放，把自己的余生都贡献给社会。从1932年起，张天福一直从事茶叶科技和教育工作，先后发表了《福建乌龙茶》专著和50多篇学术文章，其中十多篇是退休后发表的。在他的倡导下，2008年成立了福建张天福茶叶发展基金会，奖励在茶叶领域做出特殊贡献的科技人员、资助茶叶教育与科技创新研究。

19. 半个世纪的心愿

泉州市永春县的佛手茶，是福建乌龙茶中奉为独特的品种之一。

茶叶以“佛手”命名，是因为它的叶片和佛手柑的叶子极为相似，制出的干毛茶，冲泡后散出佛手柑特有的奇香。佛手茶相传为闽南一寺院住持采集茶穗嫁接在佛手柑上所得，茶树叶与佛手柑的叶片相似，茶水具有独特的“佛手韵”。

张天福在1939年作为中国茶叶界的唯一代表参加国民党政府在重庆召开的全国生产会议时，就曾把一大包永春佛手带在身上，和重庆的茶友一起品味。佛手茶的高香浓韵给他留下了深刻的印象，他当时决心跟踪佛手茶的生产，提高茶叶品质，制出极品茶。可惜连年战争和后来的“文革”，使他一直没有机会去实现这一愿望。

1982年6月，商务部要在湖南长沙评选名茶，张天福应邀担任评委会副主任兼主评。他决心重拾他的这个愿望，来到永春北硿华侨茶果场，寻找名茶佛手。这里的场长他早就认识。见到场长后，他说："场长，我要把永春佛手推向全国，但现在的品质达不到我 1939 年带到重庆品尝过的历史水平。"张天福的到来让场长和全场职工都很振奋，马上表示全力配合张天福精制佛手茶。

张天福第二天一大早就来到制茶车间，让工人大吃一惊，竟然这么早，赶紧去找场长。场长也没想到年事已高的大专家居然这样敬业，深受感动。张天福说干就干的作风给职工们带来巨大影响。他一住一个星期，晚间近午夜还在与职工们审评茶叶，别人多次劝说仍不休息。每天一大早又是第一个来到车间门口。他对佛手茶的香气、汤色、滋味与叶底的要求极为苛刻，经过不断改进，终于做出一批品质上乘的佛手茶，送往长沙参加全国名茶评选时入选前 30 名。

张天福不仅了结了半个多世纪的心愿，更重要的是，极大地提高了佛手茶的品质，使它不断取得佳绩。2007 年 11 月，北京"人文奥运与中华茶文化高峰论坛暨人文中国茶香世界"活动中，佛手茶被授予"中国奥运第一茶"的荣誉称号。

20. 不说大话，不说假话，说实话

到了 20 世纪 80 年代，张天福已经是茶叶界公认的泰斗级人物。"长安酒价减百万，成都药市无光辉，君莫羡，茶间女郎只斗草，赢得珠玑满斗归"，范仲淹的《和章珉从事斗茶歌》记载了当年采茶姑娘采的"草"就赢得了满斗珠玑。可见"斗茶"古已有之。斗就是比赛较量的意思，大家围绕茶叶品质进行鉴别，有利于茶叶的推销，也有利于大家不断提高茶叶品质。斗茶传承下来就是现在的"评茶"。

1982年6月，全国第一届名茶评比大会召开，张天福德高望重，被特邀为评委会副主任兼主评。在1986年第二届全国名茶评比上张天福担任主评。全国的名茶评比产生了显著效果，各地省茶叶产区也举办各种评茶活动，张天福经常被邀请作为评委。

1989年7月，安溪县松岩村举行茶王赛，张天福被邀请担任总评委。因为其他事情被耽搁，他晚来了一天。当地著名的评茶师已经从几百个茶样中筛选出六杯，准备分出一二三四名次。“它们确实不错，可是其中名列第四的，应改为第三，因这两杯不同标号的茶，无论从色、香、味、形都分不出高低，应并列第三。”张天福此言一出，一片哗然，评委们有了不同意见，从来也没有过并列得奖的先例啊。“为什么不能破例，我是实事求是啊。”一向谦虚谨慎的张天福，在反复比对了两杯茶后，一锤定音，坚持将两杯茶并列第三名。颁奖时真相大白，有个茶农，为了增加自己茶叶的获奖机会，把同一种茶叶作两批送，想多得一份奖项。评委们根本就不知道，同一个人送的两份茶根本就是同一种茶。

真相知晓后评委们很惊讶。张天福真是神了！

他数几十年如一日，与茶相伴，对各种茶了如指掌，在无数次品茶中练就精湛的审评茶叶的功夫。而且他做事情一丝不苟，反复推敲，公平公正，准确率相当惊人。

不说大话，不说假话，实事求是，是张天福非常重要的做人原则。别说让他弄虚作假，有时候就是想从他的话中做点文章都很难。2001年，92岁的张天福参加安溪县感德镇政府在泉州举办的铁观音茶王赛，他是主评委。晚会上，主持人问张天福“张老，您高寿啊？”“92岁。”“啊，您看上去才29岁呦，您有什么长寿秘诀？”“喝茶。”“喝的是不是铁观音？”“喝茶。”“是不是常喝铁观音？”“喝茶。”张老平静而又不失风趣地回答。

在铁观音的主产区，在铁观音的评茶大赛上，为什么张老不能提一下铁观音的名字，给人一点面子呢？这就是张老的做人原则，讲实话。“什么茶都好，你喜欢喝什么茶，什么茶就是最好的。”张老时常这样回答别人有关什么茶最好的问题。

21. 与台湾茶叶之父的师生情谊

张天福先后担任过几个学校的校长，几十年间培养了数以千计的学生。1982 年他突然收到霞浦罗永乐寄来的八十元钱，感到莫名其妙。原来是 1938 年时，罗永乐在福安农校读书，他家境贫寒，暑期想回家却苦于没有路费。校长张天福在学生有困难时总是慷慨解囊，而且从来不记得借了多少。当时罗永乐向校长借了两块大洋，80 年代时他算了算，连利息最少应该还给校长八十元。张天福得知缘由后，又给罗永乐寄了上好的茶叶过去。学生收到茶叶，感到过意不去，又给校长寄了些海产品过来，一来一往中彰显师生情谊。

张天福还有一位得意门生——吴振铎。吴振铎在福州一所中学念高中二年级时因病辍学，正好赶上张天福创办福建省立福安农业职业学校。他考上第一届公费生，他的年龄比其他同学大一点，课间操都由他来带。后来张天福去崇安福建示范茶厂当厂长，吴振铎也到了那里，参与武夷岩茶和桐木关正山小种的生产工作，前后工作了一年多。

1947 年 8 月，吴振铎应友人之邀任台湾省农业试验所平镇茶业试验分所制茶系主任、所长。1952 年起，他兼任台湾大学农学院教授，1968 年担任“台湾省”政府农业厅直属的省茶叶改良场第一任场长。1982 年，台湾省创立茶艺协会，吴振铎担任第一、二届理事长。他在台湾茶叶界奋斗了50年，硕果累累，先后育成了台茶1–17号计17个茶树新品种，其中尤以适制乌龙茶的台茶12号（金萱，系他祖母之名）以及台茶13号（翠玉，系他母亲之名）最有名气，迅速推广，被茶农视为“台茶之宝”。吴振铎的名字在台湾家喻户晓，被尊称为“台茶之父”，曾三次被蒋经国接见，受到表彰。

1988年，吴振铎探望老师，为老师买了一双意大利制的黑皮鞋作为礼物，而且穿上刚刚好。张天福感到无比欣慰。一年后他又为张天福买了一双黄色的名牌皮鞋送给老师。1990年，闽台茶叶学术研讨会在福州召开，吴振铎率领14人组成的“台湾团”参加会议并作学术交流。他与张天福同坐在主席台上，让人们一睹两岸茶界大师的风采，也让人们看到了深深的师生情。

22. 不要小看它，这是我父亲留下来的，不知道要值多少钱

张天福的家只有70平方米，第一次来的人经常惊讶于房屋的简朴。但这个小居室却经常高朋满座，被挤得满满的。来此拜访的有专家、学者、政要、企业家、海内外知名人士，更有很多茶界同仁，包括制茶工人、种茶农户，无论谁上门，来的都是客。

“张老，您这里接待过多少贵客呀？”

“没有统计，几乎天天都有，而且不止三四批、五六批，更多的都有。”

“这不是打扰您的安静生活吗？”

“不打扰。上门都是为了茶，为茶叶的发展探讨问题的。小小的讨论会嘛，小小的交流会嘛，不浪费时间的。”

“有外国友人、中央及省市领导来吗？”

“多呢，老外来可能多是好奇，照几张相回去宣传。中央及省级的领导对我很尊重，听取我们茶界的意见和建议，有什么我说什么，把脉寻方，图谋良策，都是为了共同的事业。”

张天福对来家里的客人一视同仁，但他有两个规矩必须遵守，不能抽烟，不能迟到，绝对没有通融的余地。有一次一位官员进他家喝茶，无意中点了支烟，张天福马上说“请你到门口去抽烟”，令在场的人很尴尬。“迟到是一大忌讳”，一位曾经拜访过张天福的人说：“我迟到了三分钟，好像犯了大错一样，迟到就没有好茶喝了。”张天福对时间要求极其严格，一如他在其他事情上的一丝不苟。因为每次约好客人，他都会提前十分钟就做好准备，只要门铃一响，他就拉开房门，立于门口迎候。待客人落座后，他亲手烧水、择器、择茶、泡茶、奉茶，以茶交友。先来先喝茶，有一次一位官员因故迟到，没有喝到张天福泡的香港拍卖会上 60 万元 500 克的铁观音，他泡给先到的年轻人喝，教他们如何闻香、品茶……

一次一位客人好奇地问他与“天福茗茶”这个企业的关系，张天福马上从茶几底下抽出一张便笺递给客人说：“请看标准答案。”客人接过来一看，便笺纸上打印着如何保持健康等数十条问题及解答。而针对这一条的解答是：他与“天福茗茶”没有任何关系。这些问题想来肯定是问的人太多了，张天福干脆将问题和答案打印出来准备好，以备提问之需。客人看完还给张天福后，他半是得意半是调皮地笑了，说：“这下没问题了吧。”一次当张天福在他那张斑痕点点的桌子上题完字后，客人忍不住问：“张老，这张桌子是古董吗？”张天福很是得意地回答：“不要小看它，这还是我父亲留下的，不知道要值多少钱。”

23. “俭、清、和、静”

在耄耋之年，张天福提出了他提倡的中国茶礼“俭、清、和、静”。张天福在提到他为什么这样提倡时阐述：中国是礼仪之邦，中国礼仪中包含着丰富的茶文化内容，如以茶敬客、以茶联谊、以茶为祭、以茶为礼等成为中国传统的基本国礼，成为东方文明的重要象征。所以选用“茶礼”不同于日本茶道：和、静、清、寂，也不同于新加坡的茶艺：和、爱、谦、敬。

茶艺的内涵“俭”字，见于陆羽《茶经》(公元760年)“一字源”里：“茶最宜精行俭德之人”，就是说：茶最宜品行端正简朴的人，提出了“俭”字。“清、和、静”三字是宋徽宗赵佶所著的《大观茶论》(公元1107年)里提出，他对品饮福建北苑茶的评价为“致清导和”“韵高致静”，点出了“清、和、静”三字，即把茶的功效提高到修身养性的境界。简单地说，茶尚俭，就是勤俭朴素；茶贵清，就是清正廉明；茶导和，就是和衷共济；茶致静，就是宁静致远。这四个字是中华民族历来提倡的处世哲学。

2013年3月12日清晨，张天福老人将自己唯一的房产捐献给福建张天福茶叶发展基金会。至此，张天福倾其所有，捐赠的财物价值超过300万元，包括张天福茶叶发展基金启动资金、书画墨宝、房产等。

“一叶香茗伴百载，俭清和静人如茶。”

2017年6月4日，这位以茶叶为生命的茶寿老人安详地走完了一生。葬礼从简，不接受花圈。享年108岁。

叫唐孩子的老人

1. 一位普通的中国百岁老人的离世

2017年1月12日清晨，唐宗喜老人告诉家人，她即将离开这里，之后，躺在床上面容祥和地安然而逝。

唐宗喜老人是一个普通到不能再普通的家庭妇女，甚至在很长一段时间里连一个完整的名字都没有。因为姓唐，身边的人一直叫她“唐孩子”。

就这样，“唐孩子”这个名字一直伴随老人到1949年新中国成立，后参加民主选举，当地的工作组给老人起了一个名字——唐宗喜。她身材矮小，身高不足150厘米。但瘦小羸弱的她见证了一个世纪的中国。

2. 最凄苦的逃荒岁月

1914年中华革命党在日本成立，孙中山成为该组织的总理；第一次

唐宗喜（2016 年）

世界大战打响，西欧各国陷入战乱。现在的历史书上这样记载唐宗喜出生的时代。

1914 年 9 月，唐宗喜老人在安徽淮北濉溪县唐村出生，和其他当时中国劳动妇女一样，等待她的是千辛万苦的一生。

那个时代的中国，女性需要通过缠足来迎合当时的畸形习俗。老人在 6 岁时被迫缠足，据老人回忆，虽然当时自己抗拒、尖叫、哭泣，自己的脚依然被大人们残酷地用裹脚布紧紧地缠上。当时因为实在忍受不住疼痛经常在夜里偷偷地把裹脚布松开，但白天被发现了又被缠上。当时裹脚只是为了适龄时能顺利出嫁，殊不知这一双粽子般大小严重变形的脚给一个女人的一生带来多少不便和痛苦。

10 岁时，老人的父亲和弟弟相继离世。从那时开始，唐宗喜便开始和母亲一起种田、割草、喂牛、放羊，用幼小的身体来支撑起这样一个不幸而脆弱的家庭。家庭的困苦，让十岁的她已经可以熟练地做饭，推磨，洗衣，做针线，照顾两个妹妹。

1931 年 9 月 18 日，日军发动“九一八事变”，侵占了我国东北一带，残酷的战争开始降临在中国人的头上。

远在安徽的唐宗喜一家因为地处乡村，暂时还感觉不到战争的威胁。那一年，唐宗喜 17 岁，依然每天辛苦地劳作。

第二年的夏天，唐宗喜和相隔三华里的任家的大儿子成了亲，成了任家的长房儿媳。成亲时，老人还没有大名，村里的人都按照娘家的叫法叫她“唐孩子”，正式一些的场合就称呼她为“任唐氏”。

成亲后，日常劳作比以前更加辛苦和忙碌，那时任家有十来口人，作为长房的儿媳，一个大家庭的重担几乎全部压在了她的肩上。缝补浆洗，煮菜做饭，推磨舂米，养猪喂鸡，使她疲于奔命，时不时还要回到娘家去照顾母亲和妹妹们。

1937 年 7 月 7 日，卢沟桥事变爆发，自此，抗日战争全面打响。整个中国都因战争的到来而陷入混乱和极度的贫穷，远在安徽的唐宗喜和任家也没能幸免，因为无人耕作，物资紧缺，贫苦艰难但还算安定的日子也自此告终，生活每况愈下。

1942 年，儿子任启兴降生。在农村，添人进口是喜事，但在那个年代也意味着多了一个吃饭的人，给本来就缺吃少穿的家庭又增加了负担。由于抗战的缘故，粮食紧缺，淮北一带又水患频发，农民的生活几近绝境，常常是吃了上顿没下顿。儿子启兴刚刚满月时，老人就不得不抱着幼小的孩子跟随公公和丈夫一起离开家乡，外出逃荒乞讨。

逃荒是为了活命，可是每到青黄不接的时节，近处也没有什么人家可以施舍粥饭的了，她就只能和乡亲一同去更远的地方要饭。一走就是千儿八百里，来回需要好几个月的时间。一路上挑着一副担子，担子的一头是幼年的儿子，一头是褴褛不堪的行李和逃荒用的锅碗瓢盆。沿路饥饿寒冷、劳累困乏，吃尽人间的苦。

1944 年，儿子两岁的那年秋天，她和丈夫挑着儿子到六安逃荒。有一天大雨，路上坎坷泥泞，老人一个趔趄，把儿子从筐子里甩了出去，掉进路边池塘冰冷的水中，呛了好几口脏水，丈夫跳进水中，把儿子抱了上来。三人的衣服全湿透了，寒风阵阵袭来，一家人坐在路边，冻得嘴唇发紫，浑身颤抖。在寒冷与饥饿中，唐宗喜与丈夫感到了前所未有的凄苦与绝望。

那一年，是抗战的第七年。

就在二人在无望中挣扎时，一位好心的人把他们领回家，帮他们烤干了衣服，又端上来热粥让他们食用。每当老人回忆起这个事情，总是感到无比的感恩。感谢这位路人在这样危难的时候给全家提供了帮助，在最无助的时候将他们拉出了濒死的深渊，感受到一点人间的暖意。这也使得唐宗喜在之后的人生里总是秉持着善良这一做人的原则。

3. 苦难不会因为你已经很苦，就不再降临

1945 年，抗日战争刚刚结束，但国共内战又开始了。

在这段时间里，唐宗喜又陆续生了一男一女，但都相继夭折。那时沉浸在丧子之痛的这位普通农村妇女万万没有想到，这样的苦难只是个开始，而更痛苦的事情还尚未到来。在儿子五岁那年，相濡以沫的丈夫突然因肺结核病故。

丈夫的突然逝世让老人痛苦不堪，唐宗喜要面对的是独自抚养儿子和极度贫瘠的物质生活。绝望和悲伤之后，还是要继续面对残酷的现实，放下痛苦，开始重新劳作，抚养儿子启兴。

多年以后，当别人问起，那段日子是怎么过来的时候，唐宗喜回忆很久后，说："人生不就是这样。我也没有办法，日子也不能到这里就到头了，只能硬着头皮继续。"那时候好多乡亲们看她一个人过日子过得太难了，就劝她改嫁。但她不敢。她觉得肯定不能扔下儿子改嫁，绝对做不到的。带着他改嫁怕人家对儿子不好，会让儿子受委屈。唐宗喜就在那时候决定自己一个人抚养儿子长大了。

儿子成了唐宗喜艰苦求生中唯一的希望与依靠，老人在儿子身上倾注了全部的心血。启兴在成年后回忆说："那时候我娘说，'人穷志不能短，再苦再难，也一定要上学。'也就是因为读了书，我们的命运才走上了另一个截然不同的轨道。"

1948年，六岁的启兴在母亲的支持下，开始了求学生涯。尽管那时候家徒四壁，母亲唐宗喜仍然想尽办法供养启兴去私塾读书。

她希望能够培养出一个读书人来支撑门户，也希望儿子能通过受教育摆脱命中注定一般的苦难。

那时候唐宗喜每天都要去接儿子放学。在农村，启兴时常受到不懂事的小孩子们戏耍，嘲笑他们孤儿寡母。为了让儿子少受人欺负，母亲会踮着小脚来回走几里路接送。

“那时候肯定也很辛苦，但我现在不太记得了，现在只能记得那时候满心盼他好好读书。”暮年的唐宗喜回忆那段日子思索了一会儿，都记不清日子到底是怎么一日一日挨过去的了。

也许，当一个人有了希望与目标，所有的痛苦都变得不那么重要了吧。

启兴在成年时回忆说，尽管母亲一直非常疼爱自己，但原则性很强，尤其是不能浪费，不能糟蹋东西。他说：“我记得那时候大概是七八岁左右，我娘给我做了一身蓝色的大棉袄。那时候农村人买不起布，所有的布都是我娘自己手织的。织成布之后再自己泡在大缸里拿树上的苦豆子染成蓝色，最后再缝制成大棉袄。我拿到棉袄肯定很兴奋，一件新衣服在当时那样的情况下是非常难得的。很快就赶上正月十五元宵节了。这是一个大节日，也是我们那会儿最期待的节日之一，因为过节的时候小孩子可以玩扔火把。农村的火把是用高粱穗儿和高粱秆儿扎成的，点上火后扔到天上，这就是扔火把了。那时候我还小，自然也是爱玩的年龄，于是就和小伙伴们扔了许多火把。因为玩得太开心了，我没有注意，一不小心就把新做的大棉袄烧了一个大洞。我吓坏了，吓得不敢回家，心疼自己的棉袄，也害怕娘会伤心，就一直在外面躲着。后来我娘出门找到我，又气又后怕。气是气我不回家，害她很担心，也气我弄坏了大棉袄。但更多的还是后怕，后怕我会走丢，更害怕我会被火烧伤。我娘为了让我长教训，罚我跪来着，告诉我说一定要小心爱护物件，爱护自己。这件事情让我印象很深刻，因为是这件事情让我开始明白要保护自己，也要保护东西。”

1953 年，启兴修完了五年的小学私塾，到了该上初中的年龄。为了能够改变家族的命运，唐宗喜决定让儿子继续念下去。高昂的学费意味着更大的生活压力，老人也因此变得比原来更加辛苦。

学校要交伙食费，但唐家交不起，启兴只能从家里头带干粮和咸菜。有时候学校学习紧张，比较忙，他回不来，母亲就挑着担子走二十多里路，把干粮给他送到学校去。

启兴回忆起上中学的这段时光时，总是很感慨。“那段时间太苦了我娘了。我娘是小脚，走路很费劲儿的。那时候从家走到我的学校，要走三四个小时。遇到下雨，满地泥泞，走路就更加困难。我那时候很盼望母亲能来看我，但也很心疼我娘，每次送她走的时候都很舍不得。”

为了能够回报母亲的操劳，启兴学习非常刻苦和努力，他觉得只有这样才能让母亲快乐，才有机会改变贫苦的命运。因此，启兴的成绩一直很优异。每到期末放假时，启兴都主动拿着成绩单向母亲汇报。一听各科成绩都比较好，她似乎忘掉了一切辛酸和艰苦，喜悦立刻溢于言表，这更加激发了启兴努力学习和奋斗的动力。

但不幸的事情又发生了。1955 年，启兴正在读初中二年级。本来一直专注忙于学习的启兴突然发现自己的身体开始不对劲，先是偶尔胸痛，到后来开始发烧，最后渐渐连二层的床铺也爬不上去了。后来实在是被病痛折磨得不堪忍受，启兴才告诉母亲，与母亲到医院求诊，被诊断为胸膜炎。

胸膜炎在中国50年代中期的农村来说，几乎是致命的。由于当时医疗水平不发达，药物价格昂贵，环境恶劣，胸膜炎的治疗需要特效药青霉素和链霉素，对一贫如洗的唐宗喜母子来说，几近绝境。

西药实在是买不起，就算是有钱，也很难买到，无奈之下，母亲设法给找到一个中医，开方抓药，每天煎中药喝。鉴于启兴病情严重，学校同意启兴休学治病，但也可以边上课边治疗。唐宗喜虽然心疼儿子，但仍然决定让启兴带病一边喝中药治疗一边坚持上课。

说起这段往事时，暮年的唐宗喜的记忆仍然很深刻，能回忆起一些细节。她说："不能休学，这样会耽误学习的。我可以搬到学校去照顾他。最开始没有地方住，后来学校门口小亭子里（传达室）的一个姓李的，启兴叫他李大爷，是个好人，很热心，给我在学校附近找了个住的地方。我就在那里熬药，熬好了给他送到学校去。这样过了一段时间他就好了，但我记不得到底多久了。"据启兴回忆，病情前后持续了一个多月，吃了几十服汤药后病情逐渐好转，最终痊愈。那时候启兴的身体备受疾病煎熬，内心的压力也非常大。母亲的牺牲与付出都让他感到无以为报，只有继续加倍地努力学习。

启兴上初中的这三年成绩一直都很好。

多年后，他对自己的子女们说："那会儿只能靠读书来改变命运啊。没有别的想法，就是一心要读好书。如果不能靠读书走出农村，那我和我娘的苦都白吃了，我不如不读书回家帮我娘干活。没有回头路的，只能努力读。"

4. 死里逃生

1959年，启兴读完了三年初中，面临着新的选择。在中国20世纪50年代，考大学在农村被认为是一件非常荒谬的事情。大部分的家长希望自己的孩子能够考进中专，这样可以早毕业早工作，既减轻家庭负担，又能贴补家庭。但是中专毕业不能直接再考大学，想考大学就必须先报考高中。成绩不好的孩子，通常家长就不让继续上学了，认为在农村，上个初中，多识几个字就很不错了，毕竟知识多了也没有用武之地，甚至有许多孩子连小学也没念完就回家种地去了。大部分的家长尽管望子成龙，盼女成凤，但迫于生计，也只能仅顾眼前，放弃让孩子继续读书。当年报考中专学校的人较多，差不多占总人数的2/3，但录取率很低，考上的不过几人。因为费用昂贵，参考人数较少，所以考高中相对容易些，但考入重点高中也有不小的难度。

虽然家庭非常困难，唐宗喜仍然决定让儿子继续读书，不考中专而是考高中，这样将来有机会考取大学。启兴本来也是有不读书了或者读中专、帮母亲分担家庭责任的想法，但是在母亲的鼓励下，放弃了不读书或读中专的念头，报考了高中，并最终考上了当地的孙疃中学高中部。

那几年，中国开始治理淮河，乡里组织兴修水利，家家户户都要出工出力，挖沟排涝，修河筑堤。唐宗喜老人的公公已带小叔子去外地谋生，家里没有劳动力，所以唐宗喜一个女人只能亲自上阵。每一个周末将馍做好后，便到水利工地中劳作，和其他男劳力一样下河、挖土方、挑土篮、抬大筐。一年四季，无论酷暑还是寒冬，一直都是与其他男劳力一起工作，并承担相同的工作量。

多年以后，当后人们问起老人为何如此拼命时，老人说："我不想因为自己是女人就让别人看不起我，孤儿寡母的不坚强点更让别人瞧不起。那时候安徽的夏天特别热，冬天特别冷。夏天经常把人晒得直发晕。冬天又冷得要命。那会儿腊月的时候照样得下水挖泥。水真的是冰得不行，直刺骨。我那会儿手和脚全部冻裂了。冻裂了以后好不容易快好了，又要下水，就又会冻裂，后来就好不了了。”

超负荷的劳动让唐宗喜老人的手指严重变形，脚上布满了深深浅浅许多裂口，老人的腿脚也经常因为当时寒气入骨而疼痛难忍。这些病痛因为当时缺乏及时的治疗而早已无法痊愈。七十年过去了，老人对这段经历只能说出个大概，细节已经全然不再记得，只留下老人的伤痛不停地提醒着我们，这段鲜为人知的残酷经历曾经那样鲜活地存在过。

1959 年是一个为时不长却让全国人民饱受痛苦的灾难的开始。当时，由于全国继续搞“三面红旗”“一大二公”，加上自然灾害等种种因素，我国进入了严重的困难时期。全国人民吃饭穿衣成了大问题，发生了饿死人的人间惨剧。缺粮少菜，没有食油，更没有肉。人们开始吃糠、吃野菜，继而挖草根、扒树皮，有的中了毒全身青肿而死，有的吃红薯梗和用玉米芯磨成的面，排泄出现困难，还引发了肠梗阻等多种疾患。

1959 年到 1962 年，被中国人称之为“三年自然灾害”，当时启兴在读高中，正是身体发育的时候，却着实挨了三年饿。没有荤腥，没有油水，蔬菜很少，如按需要，每天二斤粮也满足不了。可那时的粮食严重匮乏，城市吃商品粮的每月只有 27 ~ 32 斤定量，纯农村户口的一年口粮才两三百斤，而且是皮粮，折合成商品粮还不足两百斤。然而就是这点粮也时常没有保证，发不到农户的手里。

唐宗喜为了保证儿子能生存下去，时常自己少吃些，把粮食留下来给儿子吃，时间久了，老人饿得形销骨立。“我饿一点没有关系，他正在长身体，得多吃点。”

成年后的启兴回忆当时的情景：“那会儿我让我娘不要再给我留粮食了，但她坚持说是她吃饱了以后留下的，我就不要，她就一定要给我。看到她那面黄肌瘦、弱不禁风的身板儿和浮肿的双腿，我真是心如刀割，我俩推托一阵子之后都很难过，就抱在一块儿痛哭。”

那时农村社员都把自己家的锅砸了，建立人民公社，吃“大锅饭”，集体到队里的大食堂领饭吃。

公社做“大锅饭”，厨房需要一个炊事员。在三年困难时期，炊事员的地位是极其特殊的。在人们心中，只有秉公办事、有人缘的才能胜任这个至关重要的职务。粮食在那个时代甚至比黄金还金贵，只有大家相信不会私藏或是偷吃粮食的人才能有资格做炊事员。为了公允起见，炊事员的职务一般由村民投票得出结果。当时几乎所有的村民都投了唐宗喜给大伙做炊事员。她一直承担这个职务到三年困难时期结束。

唐宗喜依然是自己少吃点儿，把粮食留给儿子，而自己则被饿得双腿浮肿。但就是这样，也没有贪过公家一粒米。唐宗喜因此也深得村民的信任，她对启兴说，不能贪公家的。

在那样一个特殊年代里，虽然艰苦，但唐宗喜仍然想方设法为孩子的成长拼命努力，每周末启兴会从学校回家，所以每周日一早，唐宗喜便和儿子一起去邻居家借磨，把平时省下来为数不多的高粱玉米磨成面，做成一周的伙食。就这样，三年困难时期，唐宗喜独自一人带着儿子“死里逃生。”

那个年代农村人民穷得捉襟见肘，饥不择食。人在恶劣的环境下为了生存很容易变得自私，这是人的天性。但唐宗喜没有选择变成这样的人。

1961 年，唐宗喜带着自己家的鸡蛋去集市卖，因为集市离家非常远，自己又是小脚，走得慢，所以凌晨就出发了，一直走到中午，才到那个集市。看着时间比较紧，因为要赶紧回去给儿子启兴做饭，就很着急。突然在自己的鸡蛋摊儿旁边看见了一个布包，打开一看发现里面有一沓钱，一共六十多元，那会儿真的是很大的一笔数额，唐宗喜带着孩子过日子这么多年都没见过这么多钱，被吓坏了。

那时的人民公社的社员每天也就收入两三毛钱。她知道那个钱意味着什么，但她想都没想过自己昧了这个钱，只是想人家丢了得有多着急，搞得不好会出人命，得赶紧还给人家。老人站在那里，等丢钱包的人来找，可等了两个小时，也没见人来领，于是就把包交给了当时所在生产队的大队长任百勤。后来生产队用广播喇叭找到了失主，是隔壁村子一个姓周的人卖猪得的钱。这个人后来找着唐宗喜，一定要给她一部分表示感谢，但唐宗喜坚决不要。她觉得这是应该的，不是自己的就不能拿。

唐宗喜之后拿这件事情教育儿子启兴，希望启兴能够做到对不属于自己的东西不起贪念，否则最终既会伤害别人，也会伤害自己。唐宗喜虽然一个字儿也不认识，没有读过一天书，但有着最朴素的豁达和智慧，也许，正是这样的品质使得启兴与她的后人们都能够成才成人。

饥饿、困苦伴随这对母子有惊无险地度过了三年困难时期。

5. 只要坚持，就一定会有转机

为了报答母亲，启兴唯一能做的就是好好读书。正是这种义无反顾的坚持，让任启兴在高考这场竞争中胜出，成为当地第一个大学生，也从此改变了他与母亲唐宗喜的生命轨迹。

1962 年的 8 月，启兴收到了录取通知。

“那会儿我真是开心，感觉这二十几年的辛苦没有白费。他也算是有出息了，将来总算可以走出农村了。”母亲唐宗喜这样回忆当年的情景。

在庆幸命运得到了改变的同时，母子二人又面临了一个残酷的现实——虽然对于启兴这样的贫困家庭，国家每个月都会有助学金，可是家里仍然需要掏一部分的学费及生活费。

启兴说：“当时刚度过三年困难时期，家里哪有什么钱啊。简直是家徒四壁，全部的家当可能加起来也值不上几块钱，哪有钱读书。”唐宗喜深刻地明白上大学对这个贫困的家庭意味着什么，日子再困难，她也不会允许启兴放弃这来之不易的受教育的机会。

“那会儿是挺困难的。但是大家也都困难，日子也还是照样过的。愁也没有办法，天无绝人之路，总还是能找到出路的。”唐宗喜这样回忆。

对于唐宗喜这样一个中国最基层最普通的劳动妇女来说，挣更多钱的唯一办法就是增加劳动量。她白天下地种田，晚上就在月光下纺棉织布。又向亲戚东借西凑，终于筹集出了儿子的学费。

8 月底的一天，启兴背上母亲亲手缝制的粗布棉被和衣服，准备上路去学校了。

启兴回忆说：“我临走前，我娘就一直送我，送了一程又一程。跟我说我是我们乡的第一个大学生，进了城以后不能和别人比吃比穿，要比学习、比出息，要听先生的话。说年轻人吃点苦不算啥，没有苦中苦，哪有甜上甜。这些话我到现在还记得。我娘没受过什么教育，但懂得的人生道理虽然朴素却都非常深刻。这些话我到现在想想也仍然觉得很有道理。”

1962 年至 1966 年，启兴在山东度过了宝贵的四年大学时光。大学时的费用一靠节俭，二是依靠助学金和亲友的帮助。大学期间学习很刻苦努力，成绩很好，并担任了校学生会副主席等职务。

暮年的唐宗喜已经记不清儿子的这段艰苦贫寒的大学岁月，但依稀还能表达说：“他很努力我知道。我那会儿就老跟他说，我说亲戚们的恩情你一定得记着，能还就还，能报就报；也一定要记得是国家资助你完成学业的，你是国家的人，日后要为国家服务。”

1966 年，“文化大革命”开始，启兴所在的学校也开始了激烈的动荡，因此一直拖到 1967 年才进行大学毕业生分配。毕业分配时，启兴作为独生子可以给予照顾，分配回老家工作。启兴当时征求了母亲的意见，唐宗喜坚持让启兴主动申请到最艰苦的地方去工作。

启兴回忆，“我那时候问我娘的意见，我娘说我是公家培养出来的，要听公家的话。穷苦人不怕苦，要是不去苦地方，就没有人去苦地方做建设了。我当时觉得我娘说得很有道理，就申请去了当时比较艰苦的大西北——宁夏，并在那里落户扎根了。”

1968 年，启兴与爱人茂英在宁夏结婚。儿媳是儿子的大学同窗，大学毕业时本可以留在大省条件好的城市工作，但她决定追随爱人一同来到大西北。儿媳很敬佩老人为养育儿子所做出的牺牲，于是在成婚前决定来到启兴的安徽老家看望公婆唐宗喜。

从宁夏到安徽，茂英扛着一个旧布箱，手里拎着给公婆买的吃的、用的东西在宿县下了火车。宿县到家，还有 60 多里路，那天正赶上下雨，道路泥泞，公共汽车停运。她一打听，车一两天内通不了，就决定步行到婆家。那天一直下着雨，她拎着行李，一路步行，从早上开始边走边打听，一直到下午才走到所在村。结果到了家以后，敲了半天门发现没有人，后来才知道是唐宗喜回娘家帮娘家人做农活去了。只好又通过邻居才把唐宗喜从娘家找回来，婆媳俩见到第一面。

这段记忆在唐宗喜的晚年依然清晰，她曾这样回忆："我第一次见到她，是她来安徽看我。那天我还不在家，在我娘家，后来乡亲们把我找着，告诉我你儿媳来看你了，我就赶紧往回走，那时候还在想是不是他们搞错了，后来发现没有搞错，真的是我儿媳来看我了。那会儿儿子的婚事是我心中最重要的一件事情，我根本没想到茂英会跑这么远来看我，当时真的很高兴。我就赶紧收拾屋子，给她做点好吃的。后来茂英在我家住了十几天，好多乡亲都来看她，她就把带来的吃的分给他们。我俩那会儿有好多可说的，经常一拉话（聊天）就是一个通宵，我现在已经记不得到底说的啥了。后来我去供销社扯了十几尺布，买了几斤棉花，给茂英做个红底锦花的新棉衣。茂英穿上，真的像一个我们村里的小媳妇。"启兴和茂英婚后做的第一件事情就是从老家把母亲接到身边。辛苦了半辈子的唐宗喜终于和儿子团聚在一起，并在宁夏开始了新的生活。

6. 文盲带出了高才生

随着启兴和爱人开始投入工作，领取工资，一家人的生活逐渐变好，唐宗喜也终于可以不用再靠做苦力来维持生计了。

1970 年，唐宗喜迎来了自己的第一个孙子。她非常兴奋，早早就为孙子做了几件衣服，还收拾了一些旧衣服，洗净裁好，以备作尿布用。唐宗喜从启兴结婚起，就一直盼望着能够早日抱上孙子，如今如愿以偿。儿媳三次生孩子，一儿两女，每次坐月子都是由老人操持服侍。三个孩子，一个也没有进过托儿所、幼儿园，都是由奶奶带大。启兴回忆说："孩子小，还不会走路那会儿，我娘要做饭的时候就用布条儿把孩子背在身上，边哄边做饭。"

唐宗喜与儿子一家（1975年）

启兴与茂英都忙于工作，平日里没有时间照看孩子，三个孩子的教育除了受父母的言传身教，其余就是由唐宗喜来完成的。她对三个孩子疼爱却又不溺爱。三个孩子小的时候，正是70年代“文革”刚结束的时候，国家物质匮乏，百废待兴。孩子们虽然能吃饱饭，但爱吃的零食其实也很缺乏。奶奶经常能给孩子们变出一些好东西，葡萄干儿、冰糖什么的，她总是把零食藏在隐秘的地方，等孩子们学习累了，她就拿出一点来，公平地分给孩子们，犒劳他们。孩子们吃着零食，她就在一边看。孩子们那个时候都没有想到过，其实奶奶藏过那么多零食，自己却从来没有尝过一丁点儿。

生活上她对孩子们尽全力照顾，每天天不亮就起床把早饭给孩子们做好，不吃早饭不可以去上学。学习上她对孙子孙女们却丝毫也不放松，孩子们小时候贪玩儿，玩的时间稍长不回家写作业，她就踮着小脚到处去找。她的嗓门很高，高声叫着孩子们的名字，很远都能听得到。孩子们听到，只好灰溜溜地回家学习了。

夜晚，灯下，她也常常陪着孩子们写作业。虽然她不认字，但如果孩子看的是课外书，她一眼就能辨别出来，为这个还搞得孩子们不得不在课外书上包个书皮什么的，以便逃过奶奶的监督。

就这样，唐宗喜虽然一个字不识，但亲力亲为抚养长大的三个孙子孙女全部考上了北京的重点大学。老大毕业于中央财经大学；老二毕业于北京大学，拥有北京大学和美国的硕士学位；老三毕业于中国政法大学，后来去美国深造并留在美国生活。孙辈们各自的爱人也都是硕士或博士毕业。

她一生最欣喜的事情就是听到儿孙们又取得了好成绩，在什么方面有了进步。她去世前两个月躺在病床上，记忆力已经很不好了，在美国读大学的重孙女打来视频电话，她还是开心地眉开眼笑，在视频中谆谆教导，读书是最重要的，一定要好好念书。

问起启兴，母亲是如何将三个孩子教育成才的呢？启兴这样说：“我娘虽然是个文盲，但心不盲。她明白很多很朴素但很深刻的人生道理，这是她的经历给予她的最大财富。她从小就教育我的三个孩子要积德行善，要对得起自己的良心。对别人要大方，不要小气，免得让别人看不起，做人要坚强，也要大气。三个孩子都是在她的影响下长大的，现在也都各自有所成就，也足以证明她是个很有智慧的人。”

唐宗喜作为长辈的这个大家庭是典型的上贤下孝家庭。从儿子儿媳到第三代乃至第四代，大家其乐融融。儿子和儿媳也相濡以沫，在各自的岗位上勤勤恳恳、任劳任怨，为建设大西北倾尽了力量。启兴从 45 岁开始就担任副部级领导职务，直至前几年在正部级的位置上退休。启兴非常孝顺。平日对母亲嘘寒问暖，虽然身居高位，很长时间工作都很繁忙，

唐宗喜全家福（2013 年）

但内心对母亲的爱和牵挂却一点也没有减少。老人生病，儿子经常为老人倒便桶、喂饭。

不少人都觉得婆媳关系难处,可多年来老人和儿媳处得比母女还亲，对儿媳也是倾尽了慈母之心。儿媳把老人当成了自己的母亲，常对启兴说，“咱娘大半辈子不容易啊，她守寡那么多年，含辛茹苦，有了孙子后，娘又为我们分忧解愁，千辛万苦地拉扯孙子孙女。如今儿孙们都成家立业了。老人应当多享享儿孙的福，得到晚辈的尊重和孝敬。”

儿媳对老人的照顾细致入微。吃饭的时候，先让老人吃。穿衣服是想方设法给老人置备好的、合体的。老人的脚小，市场上很难买到合适的鞋袜。儿媳出差时就特别留意，遇上合适的就多买几双，更多的时候是带上尺寸去定做。每晚睡前，她总是打来洗脚水，帮婆母洗脚修指甲，经常帮婆母洗澡、搓背。家里靠南面阳光充足的房间总是留给婆母居住。每当婆母生了病，儿媳比自己得病还着急，迫不及待地找药、送医院。还时常有选择地看一些老年人保健及常见病的治疗书籍刊物,时间长了，儿媳成了婆婆的保健医生。

儿媳还十分注意婆母的精神需求，非常尊重婆母对自己生活方式的选择。只要对身心无害，从不干涉婆母做什么。一有空就陪婆母看电视、聊天，耐心倾听老人的诉说，了解老人的心境，不让她把烦心的事闷在心里。对婆母的脾气、秉性、爱好、想法，儿媳比儿子都摸得透，还常常给婆婆讲笑话，逗得老人喜笑颜开。

儿媳茂英于 2014 年 7 月份因病离世，孩子们怕老人承受不了这个打击，一直告诉老人儿媳去美国看望小女儿去了。于是常常可以听到老人的念叨，茂英怎么还不回来呢？由于记忆力衰退，老人对时间的概念越来越模糊，她总是问孩子们，你妈妈走了多少天了，我想她啊！病危住院后的一天夜里，她一直叫着儿媳的名字，让人唏嘘不已。而儿媳在遗嘱里只写了短短的五条，其中一条就是要求孩子们好好照顾奶奶并替她行孝。

在老人的德行感召下，在父母的言传身教下，子孙们都非常孝顺。虽然不在身边，但都惦记着奶奶，经常打电话询问奶奶情况，逢年过节都来看望。1993 年，孩子们把唐宗喜接到北京，带她游览了故宫、长城、颐和园，奶奶不仅第一次坐了飞机，来到北京，还踮着小脚登上了天安门城楼。

启兴回忆说，“那会儿我娘特别激动，在天安门城楼上还向下面挥手。下来以后还问我她是不是在做梦，说能活到今天这个份上，真是不知道该怎么高兴了。虽然她现在记忆力不好了，但她记得自己去过北京，上过天安门。”

2007 年 7 月，老人摔了一跤，住院做股骨头关节置换手术，又并发了心梗，后来又得了脑梗，几次病危都被抢救了过来。重病期间，在北京、美国的孙辈们都回来看望。老人在重症监护室，子孙们轮班看护；老人大便不出来，孙女用手帮着掏出来。在家人们的悉心照料下，老人居然硬生生地挺了过来。

7. 无论什么时候，勤俭都是让我们肃然起敬的品质

唐宗喜晚年一直保留着年轻时的生活习惯，直到临终也没能改变。随着社会的进步、国家的发展，儿子儿媳的地位不断提高，儿子家的生活一天比一天富裕了，但老人的生活依然很节俭。可能是饥饿曾给了她太深的烙印，她总是觉得粮食十分珍贵，绝不能浪费。剩饭剩菜她从不

唐宗喜与孙女（2016 年）

舍得倒掉，总是拿来热一热再吃。有时水果放久了，生了烂斑，她也舍不得扔掉，而是用小刀削好洗洗吃掉，以至于有两次因吃剩饭和烂苹果闹了肠炎。平时不舒服时怕上医院多花钱，总是偷偷吃几片药顶过去。家里的旧衣服、包装盒、塑料袋，她一件也不让扔掉，如获至宝似地摆弄来摆弄去，积攒了一大堆。衣服破了，她要缝一缝、补一补再穿。孩子们每给她买一件新衣服都要挨她一顿数落。为了节省电，她一个人在的时候经常不开灯也不开电视，默默地坐在房间里。哪里亮着电源灯，她都觉得在费电，甚至于，有时候拿布把灯遮盖上她看不到亮了，她觉得这样就省电了。洗碗时要求水开得很小，洗澡洗衣服的水也必须节约下来擦地、冲马桶。儿女们也都能理解老人的省吃俭用的习惯。

生活中，她对儿子儿媳的工作非常支持，经常说，家里的事你们不要管。年逾八旬时，她依然精神矍铄，身体健朗，还常常跑出去打扫院子，子孙们都管她叫“后勤部长”，到了九十多岁时还耳聪目明。

2007 年，老人摔了一跤，躺在地上爬不起来，她知道儿子在楼上，但是又担心儿子搬不动自己，硬是躺在地上不吱声。过了一个多小时，家里来人发现了老人躺在地上，才帮忙一起把老人送到医院。

老人虽然几次病危都被抢救了过来。但是康复后记忆力却大不如从前。记忆总是停留在过去的艰难岁月。晚年时，记忆出现偏差的老人仿佛仍然活在人生最困难的那段时光里，每次吃饭时她总是怕家里人吃不饱，自己碗里的饭拨来拨去。当她再一次病危住院时，基本什么也吃不进去了，只有一种酸奶她很喜欢吃。孙女喂她时，她说，这个不应该她喝，应该孙女喝，因为是营养品，年轻人喝了价值更大。

老人 2007 年病危后总觉得家里生活困难，而自己对家庭没有任何贡献。儿子儿媳想出了个办法，给老人找了很多白布，裁好后让老人纳鞋

唐宗喜最后一个生日，左为儿子启兴（2016 年）

垫儿，告诉老人鞋垫做好后可以拿出去卖，这样既可以哄老人开心，也可以帮助老人练手练脑。就这样，老人每天安静地坐在阳光下纳鞋垫儿。纳出的鞋垫儿针脚很密，比很多买来的鞋垫儿还要精致。

8. 回家

2017 年 1 月 12 日，唐宗喜老人告诉儿子说："我要走了，回家了。"然后便闭上了眼，并再也没有睁开过。

世寿一百零三岁。

儿子启兴为母亲唐宗喜撰写了墓志铭：

"母 18 岁嫁与吾父，仅育我一子。吾 5 岁吾父病逝，母亲守寡终身，饱经沧桑，艰难困苦难以言表！母虽身体柔弱，但刚强坚毅；虽只字不识，却智慧豁达。其勤劳节俭、善良忠贞，是我人生永远的航标。母亲德泽后人，子孙多有小成。

母无疾而终，享寿百岁有余，可谓福寿无疆。想必已与离别七十年的家父及和睦相处近五十载的儿媳茂英团聚于极乐世界。镌此铭文，以示悼念，养育之恩，永志不忘！"

祝愿老人在极乐世界平安吉祥！

童年目睹了剪妇女辫子的革命

1. 童年目睹了剪妇女辫子的革命

1916年农历10月16日，刘克定出生于湖南省新化县球溪村（现改属冷水江市禾青镇）。

克定的父亲刘汉益，幼年因克定的祖父在武汉经商获利，家道中兴，使得他有能力入学读书，在当时也可算作一位读书人。他一生谨慎，不参与政事，比较擅长经商，后来家境富有殷实，但一直粗茶淡饭，勤俭持家，一生遭遇两次厄运，万幸都平安度过。母亲出身书香门第，是典型的贤妻良母，秉性善良。

克定家兄弟姐妹共九人，大妹及九妹年幼夭亡。克定小时候体弱多病，母亲照顾不了三个小孩，就雇用了一个奶妈，专门带着克定。

奶妈婆家姓刘，是金竹山矿山里人，丈夫是挖煤窑的。奶妈家境贫寒，有着农村妇女的传统美德，待克定很好，克定一刻也离不开她，叫她姆妈（湖北人叫母亲为姆妈）。她常带着克定走访亲戚，使他亲眼看到穷困家庭缺衣少食的悲惨情景，在他幼小的心灵里，留下了不可磨灭的印象，对他成年以后不怕吃苦、能忍辱负重、不摆官架子的性格有很大的影响。

那时候，中国正处在军阀混战时期，社会动荡不安，乡间土匪闹得很凶。为避匪患，克定小时候跟着父母去过汉口，住过新化城，也在宝庆城内住过一段时期。到了 11 岁，便同大哥及叔叔一同上乡里唯一的高等小学，这所小学，设立在离球溪不太远的履福桥文昌宫内。

克定在文昌宫读书时，正遇着大革命高潮，各地纷纷成立农民协会，打倒土豪劣绅和贪官污吏。当时是国共第一次合作，新化县党部已被共产党所掌握，遵路乡是由县党部派了一位名叫颜霁的青年，前来发动农民闹革命。颜霁住在文昌宫，经常向学校里的学生演讲，宣传革命思想，学生们便跟着他上街游行、喊口号，还动员妇女们剪辫子剪发，学生们都拿着剪刀，见到留有辫子和发髻的妇女，就去强行剪掉。

到了 1929 年，克定 13 岁高小毕业后，随同大哥去武汉读中学，才离开了这个家和故乡。

2. 当年老北京的很多情景，现在已经绝迹了

1934 年克定 18 岁，他乘火车去北平求学，进了北方高级商业专科学校。这学校设在和平门顺成街，是“九一八事变”后，由一些东北的流亡人士集资创办的，课程有会计学、簿计学、银行学、企业管理、商事法及法学通论等。

初到北平，克定先逛了故宫景山。

北平是中国著名的文化古城，也是当时青年学子们向往的地方。随着抗战的爆发，北平也成了救亡图存的学生运动中心。

刚到北平的时候，克定坐在人力拉的洋车上，经过许多大小胡同（巷子），家家是大门紧闭，清一色的两扇黑色大门上分别油漆一副对联“忠厚传家久，诗书继世长”。出了胡同，进入大街，才发现商店林立，市面也非常繁荣。让克定印象最深的，是街道旁卖酸梅汤的，使用两片雪亮的小铜片，相互抨击，发出强烈的音响，以广招来客。这种叫卖的方式，如今在北京早就没有了。

北平当时街上行驶的交通工具，只有洋车和有轨电车，没有公共汽车。有轨电车噪声很大，开动时车身摇晃不已。车厢首部下面安有铜铃，车一开动，司机用脚踩响铜铃，车便叮叮当当地往前奔驰。开车停车讯号，都是用哨音，由卖票人员吹响。司机听到哨音，就开车或停车。当时北平有一句俏皮话，如果有人说大话，就说他是老大娘赶电车——别吹，别吹。因北方老太太都是小脚，走路不能快，生怕车开走，就一面赶路，一面高声喊叫，别吹，别吹，意思是告诉卖票人员等她赶到，上了车再吹哨开车。

3. 读华北大学时，见到了清王爷后裔

1935 年秋，克定由商专毕业，想早一点投入社会工作，因此报考华北大学政治经济系三年级。入学考试科目只有国文和外文两门科目，题目为“士先器识而后文艺论”，外文是一些中文短篇，要求译成英文或其他各国文字，克定被录取后，正式进了这所私立大学。

当时北平的国立大学有北京大学、清华大学和北平大学、北平师范

刘克定毕业于北平华北大学（1937年）

大学等；私立大学有中国大学、民国大学、朝阳大学、华北大学等，还有美国教会办的燕京大学和协和医科大学、意大利天主教办的辅仁大学，以及利用庚子赔款创建的中法大学。

华北大学是西北军将领冯玉祥集资创办的。董事长是冯玉祥，校长是曾任冯的秘书何其巩，教育长是留英老博士、湖南湘乡籍的郑浩然。校舍坐落在西四羊皮市后街的一所大王府，当时的中国大学、民国大学都是利用清代的大王府作为校舍。因为只有王府地方大，房屋多，改作教室和礼堂都比较合适。

克定进华北大学时已经是民国二十四年，还见到过住在王府的那位王爷的后裔，身穿官服，乘坐一顶绿呢大轿，由四个人抬着出出进进。这在当时不是什么奇怪的事情，当时克定在一本杂志上看到过法国的路易王朝和拿破仑王朝，以及沙皇尼古拉的后裔，都在外国设有机构，传宗接代，梦想有朝一日能回本国接管政权。“九一八事变”后，日本军部扶植溥仪去东北建立满洲帝国，也算是一例。

4. 被暗杀了的政治老师欧大庆

欧大庆是广东人，美国檀香山大学毕业，在国民党外交部当过司长，他教克定国际政治，当时他任冀察政务委员会下属的外交委员会专门委员。上课时西服翻领上挂着国民党政府颁发给他的彩玉勋章的勋标。他住西四榆钱胡同，嘱人在胡同口竖立起一块大木牌，上写着“车马缓行”四个大字，表示这胡同里住有一位大官。

克定因写毕业论文，常去他家请教，发现欧大庆与日本特务机关部辅佐官寺平、冀察政务委员会军事顾问樱井，以及松井石根、土肥原等诸多日本要人有密切来往。

1937年，克定快毕业了，他忽然对克定说，外交委员会成立一个通讯社，负责发放华北方面的新闻稿，定名为《雷电通讯社》，英文名字《THUNDER NEWSAGENCY》，中文稿决定由克定负责初审，社长由他兼任，克定任副社长。克定听了非常高兴，认为这是一条好出路。想不到正在筹备期间，就发生了七七卢沟桥事变，时局日趋紧张，克定决定放弃这个工作，携眷南归。

当克定去告别时，欧大庆说中日战争已不可避免，也决定不日离开北平，师生就此道别。

欧大庆离开北平后，投奔了汪精卫，后来两广沦陷，他又去了广州，与一些他在北平经常来往的日本高级侵华将领往来密切，谋求两广独立，成立一个南粤帝国，他自己做皇帝，皇冠龙袍都订制好了，只等待择日登基，但消息泄露，被汪精卫秘密派特工把他暗杀了。

5. 登报纸声明废止父母包办的婚姻

旧社会以早婚为荣。克定三岁的时候，就由父母做主，和邻村克定父亲朋友的女儿订了婚，那女孩比克定大半岁。1936年春，她已经20岁，当时克定因所创办的《群众周报》被当局查封，很多人因此被捕入狱，克定侥幸逃脱，找到机会暂时回湖南躲避，克定母亲建议趁此机会给克订完婚。克定自己也想去看看那未婚妻，究竟是个什么样的人。经媒人说妥，两人约在资江东岸她的舅舅家见面。

克定孤身一人赴宴，开席前，那位未婚妻从里屋走出来，为克定奉了一杯茶，急忙奔入内室，惊鸿一瞥，给克定的印象不深。席终人散，克定沿河回到资江西岸，想了很久。难道就和这位素昧平生的乡间女子共度一生？比较起克定在武汉和北京所交的女性朋友，感觉差距很大。

克定回到北平，在新化民报刊登了一则启事，依照当时的民法规定婚姻自主的原则，废止由父母包办的婚约，同时致对方家长一封信，请求谅解。信中说："幸勿囿于乡风，而诎于世俗，遗子女以终生之疾，铸天下之唯一大错。"

1936 年秋，克定在北平与自己结识的女子叶宝绶结婚，邀请了朝阳大学校长石志泉先生证婚。

6. 从军后，进入了蒋介石任团长的战干团

1939 年秋，克定从湖南新化家乡去西安求职，正式开始了他的从政生涯。当时是日本发动侵华战争的第三年，克定去西安投奔的是九十军。军长李文是克定婶母的长兄，黄埔军校一期毕业，和胡宗南是黄埔军校同学，开始一起参加讨伐陈炯明的东征战役，到后来南征北战一直没有分开过。胡宗南升任团长，李文就在他团里当营长；胡升旅长，李升团长；胡升第一师师长，李文升旅长，抗战时，胡宗南已是第 8 战区副司令长官兼 34 集团军总司令，李文任九十军军长。

李文以他的名义给战干团代教育长葛武启写信，推荐克定去该团工

作。战干团委任克定为军事委员会战时工作干部训练团少校政治教官，时年 23 岁。当时委任状是军委会颁发的，上面还有政治部部长张治中、副部长周恩来的木戳签名章。这是克定跨入国民党仕途的第一步。

西安战干团团长为蒋介石，副团长陈诚，团副蒋鼎文，教育长胡宗南，代教育长葛武启（中将），副教育长蒋坚忍（少将）。战干团实际负责人是葛武启，浙江人，黄埔二期毕业后留学日本，是黄埔系的高级政工人员，蒋坚忍是蒋介石的堂侄，黄埔四期毕业，原任中央航校副校长，因牵涉一桩经济案件，被免职，调来战干团任有职无权的副教育长。

战干团的学生来源，各省学生都有，有的是来自沦陷区，有的来自大后方，全盛时期，有团员、官员等一万余人。

1940 年冬，中央训练团党政人员训练班第十三期要求战干团派出五人受训，其中包括刘克定。

中央训练团是国民党中央的最高训练机构，文官县长、武官中校以上都要轮流调在这个团的党政人员训练班学习一个月，其目的是统一思想加强信念，一致团结抗日，另一目的是蒋介石利用这种关系，维护稳定各方面的军政人员。团长是蒋介石，教育长王东原，副教育长宋希濂。宋希濂是湘乡人，黄埔一期毕业，内战时任集团军总司令，被解放军俘虏，后被特赦去美国定居。

7. 同学蒋纬国

党政班受训时间一个月，课程有抗战纲领、战时财政、战时教育、民众组训、抗战形势，还有精神讲话，由蒋介石亲自主讲，冯玉祥也来给克定他们讲过一次话。担任讲课的都是国民党的政要，孔祥熙讲财政，翁文灏讲经济，陈立夫讲教育，陈果夫讲民众组训，作战部长刘斐讲抗战形势，段锡朋讲抗战纲领。

克定这一期有两位著名的公子也一起参加受训，一位是蒋委员长的小儿子蒋纬国，另一位是考试院院长国民党元老戴季陶的长子戴安国。蒋纬国编在第一大队和克定同一个中队，他毕业自德国慕尼黑军校，是军人，分配在克定班上当班长。戴安国编在第二大队，他也是留德学生，是学工的，当时在昆明一家光学仪器厂任工程师，抗日胜利后，任中国民航局局长，国共内战结束后去了台湾，他比蒋纬国年龄大，在中训团受训时，每天晚餐后，都来找蒋纬国聊天。蒋纬国在中训团受训时，和克定都是 24 岁，因在国外多年，没有加入党团组织。中队的训育员要克定介绍蒋纬国加入三民主义青年团，给克定一份表，要他转交蒋纬国填写，这份表格是入团申请书。蒋纬国填写父亲的名字是蒋中正，母亲的名字填写的是姚怡诚。姚怡诚是蒋介石的姨太太，没有生育，抚养蒋纬国成人，1965 年病逝于台北。

蒋纬国在中训团受训后，去胡宗南部队里当下级军官，经胡宗南介绍和西北棉纱大王西安大华纱厂总经理石凤翔的二女儿石静宜结婚。蒋纬国后来调青年军当营长，淮海战役时，他已升任装甲兵团副司令兼参谋长，后去了台湾，任装甲兵总司令。

关于克定和蒋纬国一同在中训团受训的情况，克定曾写了一篇《浮图关巧遇蒋纬国》的文章，回到战干团又写了一篇《中训团受训归来记》刊登在战干杂志上。《浮图关巧遇蒋纬国》一文于 1990 年刊登在冷水江市文史资料第三辑。

8. 顶头上司胡宗南

1943 年冬季，27 岁的克定被委派为生产委员会调查处上校处长，从1939 年 9 月进入战干团到 1943 年冬整整四个年头，由少校升到上校处长，1941 年还去重庆受过一次训，在当时沉浮不定的宦海中，算是很顺的。

战干团是胡宗南的反共大本营，他可以随时从战干团的学员和学生中选拔优秀青年，用于反共。有意思的是，他所选拨的优秀青年，绝大部分是地下共产党员，例如他的随身副官熊惠苹，共产党地下党员，清华大学毕业后，入战干团学员队受训，被胡宗南选中，留在身边工作多年，新中国成立后在公安部工作；胡宗南机要室有位译电员，是由战干团女生队选拔去的，她也是共产党的地下工作者；还有一位从学员队选拔出来的陈忠经，1939 年就当上了三青团陕西省支团部的组织部长，后来升为书记长，抗日战争胜利后，胡宗南保送他去美留学，后由美国中央情报局发觉他是共产党工作人员，新中国成立后，陈忠经在对外文化联络部工作。战干团的经理处长汪维恒，他是胡宗南的小同乡，多年的老朋友，也是共产党地下党员，新中国成立后任上海市第一任财政局长。

刘克定在北平工作（1946 年）

1951 年大镇反运动中，克定在汉口街上遇见战干团政治部秘书孙适石，他是战干团的骨干分子，战干团的团务工作是由他负责的。克定当时很惊奇，跟他说，你怎么还敢在市内大摇大摆。

他笑笑说："你到三民路孙中山铜像右首有一民生米厂楼上来玩就明白了。"克定去找到了他们。其间有他的妻子熊惠芝，她是战干团女生队毕业的，也是胡宗南的随身副官熊惠莘的姐姐，还有闻钟夫妇，以及闻的亲戚西安七分校的一位中校军官，另一位是武汉市共青团市委书记黎智，原本姓闻，和闻钟是亲兄弟。除黎智一人外，其余各人都是共产党派往胡宗南下属各单位做地下工作的。闻钟先在七分校当教官，后又来战干团当教官，和克定很熟悉，闻钟和黎智都是遭特务暗杀的进步学者闻一多先生的侄儿。

毛泽东生前评价胡宗南志大才疏真是入木三分，恰如其分。胡宗南的口号是"铁肩担主义，血手写文章"，也是战干团各队驻地大门口必定要书写的一副对联。但到了1949年，他看大势不好，却临阵脱逃，匆匆乘坐飞机跑到了台湾，临走时下一手谕，他的所有职务一律由绥靖公署副主任李文代理。胡宗南去台后，任澎湖防守司令，1962年病逝，终年64岁。

9. 创建中北公司生产炸药

北平西郊门头沟矿区，有大小煤窑一千余家，采煤需要的炸药购买非常困难。抗战胜利后初期，从国外购进炸药还要经过远东盟军总司令麦克阿瑟的批准，才能从天津进口，于是克定和友人王弘义、江枫二人商量，合资创办中北化学公司，生产炸药，供门头沟各煤矿使用。王弘义任经理，克定当董事长。

王弘义是河北唐山人，清华大学毕业，留日，当时在北平前门外大栅栏开设一家西药店。江枫是福建人，也是清华大学毕业生，当时他担任北平新生报经理。他的岳父李诚意，是时闻通讯社社长，兼新生报社发行人。

新生报是大型日报，当时是由东北“剿总”司令杜聿明资助，后迁往台湾。

中北公司生产炸药的车间设在宣武门外白纸坊三教寺，由王弘义聘日本人大野武彦为技术顾问。大野是王弘义在日本东京工业大学的同学，大野是学国防化学的，王弘义通过手续，从日侨管理处把他留用下来。另外有两名日本人，充当大野的助手。

中北公司刚开始生产时是利用战争时期留下来的黄色炸药，以及拆卸各种废旧炮弹从中取出的炸药，加以粉碎包装，浸腊，防潮出厂，成本低廉，一本万利，获利甚多。

1948 年夏天，由南苑机场运回一批照明弹，拆卸后把里面的药物堆放在密不透风的仓库里，气温很高，未及半夜，这批药物就发生了自燃现象，引起大火，将仓库厂房全部烧毁，一张姓保管员丧命。

当时宣武区警察局正要将此案移送法院，王弘义恐怕影响复工，就赠送局长一支很名贵的德国克虏伯兵工厂出产的双管猎枪，就大事化小，小事化了。

新中国成立后，中北公司炸药厂迁往昌平县龙山地区，正式生产各种工业用的爆破器材，直到 1952 年，大野武彦回了日本，中国发动了“三反五反运动”为止。

10. 李宗仁竞选“副总统”的费用

1948 年，国民党政府决定三月二十九日在南京召开“国民代表大会”，四月份正式选举“总统”和“副总统”。李宗仁决定参加“副总统”竞选，组织了一个竞选团，其成员有秘书长萧一山、机要室主任李扬、新闻处长黄雪村、参议兼煤炭供应委员会主任委员刘仲华，还有李宗仁夫人郭德洁。萧是西北大学法学院院长兼国民参政会参政员，黄雪村是湖南人，广西大学毕业，被选拔在广西工作多年，他中学是在长沙省一中毕业的，和克定的好友刘元是同班同学。

当时参加“副总统”竞选的有孙科、程潜、于右任、莫德惠，还有民社党的徐傅霖，以及李宗仁等，共计六人。这六人中，国民党占有四人，民社党一个，无党派一个。

4月19日，蒋介石当选“总统”，23日“副总统”第一轮投票结果，李宗仁754票、孙科559票、程潜522票、于右任400票，莫德惠、徐傅霖各得200余票，初选无人达到法定票数。24日再投票，李宗仁1163票、孙科945票、程潜616票。4月28日第三次投票程潜得票太少，自动放弃，退出竞选。第四次投票，李宗仁以1438票压倒孙科的1295票，当选中华民国“副总统”。

竞选“副总统”，不管成功与否，都要筹措一笔数字巨大的竞选费用。李宗仁的竞选费用，一方面来自广西，一方面来自北平煤炭供应委员会。1947年冬，有一天克定在煤委会写公函，需要盖煤委会的关防（公章），管印信的潘秘书说，公章被刘主任带走了。三天后刘仲华来了，克定问他这几天有何贵干，煤委会的公章带回来没有。他秘密告诉克定，他去了天津，以煤委会名义和上海杜月笙财团签订了一份合同，以开滦煤矿的煤，换取杜的面粉，所得差价拨交李主任作为竞选“副总统”的竞选费用。当时煤委会的煤炭分配价低于市价50%，而上海的面粉运销北方按市价出售，也有大利可图。克定估计这一笔幕后交易所得利润最保守的数字也在 100 万银元以上。合同是以煤委会的名义签订的，克定是煤委会委员兼分配组组长，但合同内容克定一点不知道，合同也未见归档。

1948 年春，刘仲华约克定去南京，为李宗仁竞选“副总统”捧场。四月中旬，克定应邀去南京，住中央饭店，一切费用都是由竞选团承担，据说李宗仁那次竞选，光包租的小汽车所耗用的汽油竟达四万加仑之多。

临近投票选举之时，克定见到程潜长袍马褂带着数位随员来中央饭店拜客（当时南京所有大饭店都有“国大代表”的包房）。程潜当时年岁已高，脖子摇晃不已，是因那次在西安主持西北军事会议时，遇敌机轰炸留下的后遗症。克定心想，人生在世，如过眼烟云，何必要以劫后余生，耄耋之年，来竞选这没有实权的“副总统”呢。

11. 北平从政后过上了奢华的生活，但转瞬即逝

抗日战争胜利以后，克定由战干团上校政治教官兼生产事业委员会调查处处长转任华北宣抚使署咨议。后由社会局专员，调市政府参议，兼煤委会委员分配组组长。

1947 年，克定经友人画家李方白介绍，认识一位朋友李子鸣。李子鸣当时是以商人的身份和克定见面，他说计划利用日本人的新技术，生产化学酱油，成本低、利润大，因缺少资金，要求克定合资办厂。克定因当时中北公司赚了不少钱，就答应投资二十两黄金，克定当董事长，他任经理，创办了宏业酱油公司。

钱有了，政治地位也稳定了，生活也官僚化起来。他当时有两部汽车，一部是北平行营的卡迪拉克，是美国产的豪华车，七人座，因过时了，李宗仁又给买了一辆新的卡迪拉克，这部车拨交煤委会，由克定专用。

他除了煤委会给他的专车外，又自己购了一部四座的福特，平时乘坐福特，出城游逛或宴请宾客，就使用卡迪拉克，家属另有市政府分配的三轮车。家中用人一男一女，另有汽车司机一人。两艘自备的游艇放在北海公园，一匹蒙古马寄养在白俄的牧场里。

这匹蒙古马，是一位蒙古王爷送克定的，这位王爷有一次带一千匹马来北平发售，为了找一个有力量的官员做靠山，经过一位朋友介绍，把他带来看望克定，按蒙古的礼节，先献哈达，接着送他一匹蒙古马。这匹马在草地赛马得过第一名，速度赛过吉普车。克定把这匹马养在一个白俄开设的牧场里，后因寄养费过于昂贵，就卖给了香港跑马厅。

克定当时的衣着，也很讲究，西服长袍一应俱全，有一件大衣非常名贵，是从袁世凯的后代那里以20两黄金买到的。那件大衣的衣领是海龙皮毛，据说是袁世凯称帝时，青海湖边的少数民族首领给他进贡的。价值连城，此种兽类早已绝迹。这件大衣的里子是全水獭，面料是礼服。说也很巧，穿过这件大衣的四个人，全没有好下场，第一位袁克定，是落魄的皇太子，第二位是克定，新中国成立后入狱，第三位是汉剧名演员杨少楼，英年早逝，第四位是汉剧名武生李雅樵，因赌博罪判刑六年，在武汉劳改队服刑。

克定那时官职不大，但权力不小，华北地区特别是平津两市的公用煤炭，都归他分配。煤委会的煤价，是按生产成本加合法利润规定的，比市价低得多。市民用煤并不由煤委会直接批卖，而是由煤委会批一总量交煤炭业同业公会，分配各煤店供应市民。机关学校团体军队等单位公用煤炭，全部由煤委会分配。

北方每年在重阳节以后，就要准备取暖用煤，届时申请冬煤单位逐渐增多，而克定总是姗姗来迟，不遵守办公时间，致使领煤的人员焦急万分。一听到克定的汽车喇叭响，他们就高兴得不得了，“刘委员来了，今天有盼头了”，克定后来想起这些事，为当时的无知深感内疚。

克定在煤委会工作三年，那时行贿的事并不风行，但请吃喝极为普遍，连美国人管理的燕京大学也不例外。每到冬季，燕大的总务处长必定请煤委会的委员们去燕大的宴会厅吃一顿美式西餐。请吃喝的都是大单位，用煤量比较多。因此，北平当时所有大餐馆、名酒店，克定都吃遍了。

北平是一个古都，虽然皇帝已经倒了，但数千年遗留下来的官僚习气依然存在，身着长袍马褂，见面时打躬作揖的大有人在。餐厅酒楼，每有先订酒席的，门口必有人侍候，问明来客身份，手持名片，大声呼叫，× 委员到、× 参议到或 × 局长到，等等，克定开始遇到这种场合，很不习惯，次数多了，也就习以为常了。

新中国成立后，克定才知道他们的宏业酱油公司，原来是为了掩护中共北平地下工委工作而创办的，因为克定那时乘坐的福特牌小汽车，挡风玻璃上有三张通行证：1. 北平行营；2. 北平警备司令部；3. 北平市政府。只要克定的汽车停在宏业公司大门口，无论军统、中统的特工人员，都不敢轻易进院内盘查，北平工委的同志就可安心商讨工作布置任务。

宏业酱油公司就是由刘仁领导的中共北平工委的地下工作站，刘仁在中共执政新中国成立后任北京市委副书记。

当时在宏业公司挂名的职工陆禹、马光斗、段新等人都是北平工委工作的同志，新中国成立后陆禹任北京市副市长，马光斗任劳动局局长，段新任粮食局局长。

1948 年冬，华北局势剧烈变化，克定得知国民党要放弃北平，就决定携眷南行。由天津乘海轮去上海，转浙赣路回湖南新化家乡，结束了他在国民党从政十年的宦海生涯。

12. 父亲被土匪绑架了

1949 年秋末冬初，正当新化县处在共产党接管政权的前夕，城乡秩序动乱不安，邻近邵阳巨口铺一带，土匪蜂起，打家劫寨，一日数惊，甚至联合各匪帮，大举进攻锡矿山，掳人绑票。

克定家住在资水西岸，自备一小舟，每到夜深，全家老少上船，远离家门，停靠在悬崖峭壁之下，躲避匪患。

克定父亲因为在家乡小有名气，不敢在家过夜。那一天，去克定外祖父老家，找一佃户家寄宿，谁知土匪早有暗探追踪侦察。大约晚 10 点左右，土匪直扑乡政府所在地，计划先抢夺乡政府的枪支弹药。那时乡长是克定的三弟刘文定，他听到犬吠声，立即起床，远望有手电光数道直射乡政府大门，知道土匪已到，立即从后门逃上山。土匪进入乡政府内，不但没找到枪支弹药，连一个人影也没有，知道走漏风声，不甘心，就直奔对岸码头。当时克定家人的小船就停靠在资江东岸，睡到半夜，听到西岸有喊渡船的急促声，隔河一看，火光一片，大家知道土匪已连夜下山抢劫来了，就弃舟登岸，分散躲藏在附近的山林里。

等到天亮赶回乡里才听说,昨夜土匪从佃户家把克定父亲给绑走了。家里派人四处打听他的下落，了解到一个人称刘瞎子的中间人可以联系到土匪，当时克定和大哥商量，大哥留在家中筹备赎人款项，克定通过中间人去和土匪谈判。

第二天一早，克定就孤身一人找到刘瞎子，经过反复谈判商议，刘瞎子答应帮忙找到克定父亲的下落。克定就住在他开的伙铺里，刘瞎子当夜就进山去了。

焦急的等待中，一直没有消息，克定就在巨口铺那棵大槐树下来回徘徊。终于，几天后，刘瞎子回来了，说人很平安，要求克定亲自去匪窟和他们面对面谈释放条件，并承诺陪克定同去。

巨口铺一带是匪区，民匪不分家，当土匪在那里是不以为耻的，只要有熟人带路，大白天行走不需要保密，也没有危险。晚上克定和土匪见了面，他们都穿的短棉袄，系腰带，盒子枪藏在怀里。

谈判开始，他们首先要枪，第二要钱，至少一万银元。克定说枪是公家的，实在没有办法，但钱肯定是要给的，各位冒着生命危险，也是为了生活，迫不得已，双方无冤无仇，现在新化邵阳都已更替了政权，留着钱也没用，当然只希望把问题早日解决。

土匪中有人主张把刘克定扣押起来，可以多要赎金，克定强硬地回应说："如把我留在这里，你们一分钱也得不到，我不回去，谁给你们去筹借款项，你们就是把我父子二人杀了，也无济于事。"

土匪也清楚时间不能再拖，解放军的剿匪小分队马上要进驻巨口铺，经过一番讨价还价，刘瞎子也从中协调，土匪做了退让，最后敲定一千元放人，另给刘瞎子一百银元酬金。临行时，土匪在水塘里捞了一些鱼，还宰了一只鸡，好好招待了克定一番。

克定回去筹借了 1100 块银元，由克定家长工用一担小箩筐挑着，上面是稻谷，下面埋藏好银元，一同去交给了刘瞎子，让他连夜通知土匪派人前来取款。第二天克定父亲就被释放回来，那时克定的母亲、妹妹、侄女及妻儿都已来到村口等候，不做停留，就立刻一同乘汽车去长沙，再乘火车去了武汉。

克定父亲脱险不久，解放军的剿匪小分队进驻了巨口铺，捕获了匪首唐自德和开黑饭店的刘瞎子，将他们公审处决。住龙溪铺和土匪有联系的李作谋、李伯凡、李孝春、李宝生等也都被抓获，先后处决。一个叫雷公民的匪首侥幸逃脱，后赴香港做苦工度日，幸免一死。

13. 创建的东湖矿药厂获得了特种经营许可

克定和北京的朋友王弘义商量，想在武汉成立一家生产工业用爆破器材的工厂，王弘义同意在设备和技术上加以支持。至于资金问题，请到了湖北省人民政府副主席熊晋槐先生出面，由湖北省黄石市两大煤厂即源华煤矿和利华煤矿投资，在武昌东郊武珞路东岳庙旧址废墟上建立导火线工厂，取名东湖矿药厂。另外在黄石市成立雷管工作组，因源华、利华两煤矿都在黄石市，这两家既是工厂的投资人，又是爆破器材的专用户。雷管运输危险性很大，所以就规划为就地生产，就地销售，对供需双方都有利。雷管工作组设立在黄石市后山的飞云洞，这个洞空间很大，洞前有大殿和偏殿，洞内可储藏成品作为仓库，但不幸于1952年9月份的爆炸事故中被毁。

刘克定在武汉创办东湖矿药厂、青山矿药厂（1951年）

有了导火线厂，有了雷管组，最后在黄石市下游阳新县的伟源口设立炸药分厂，利用利华煤矿公司废弃不用的大批房屋生产各种矿用炸药，包括煤矿使用的安全炸药及炸岩石的硝化甘油炸药。

克定创办东湖矿药厂申领开业执照，费了很大的功夫。首先请熊晋槐副主席出面介绍，去找中南军政委员会轻工业部副部长周仓柏，由周副部长写信介绍再去重工业部联系。重工业部部长是刘杰，副部长王盛荣和曾志（陶铸的夫人），重工业部接到举荐后，通知下属的兵工局具体和克定商谈，中南兵工局局长是朱毅，副局长是著名劳模、国际上的知名人士、被称为中国的保尔·柯察金的吴运铎，得到他们二位的支持，在申领执照的报告上签了字，克定在领到了特种营业执照后，工厂得以开工。

14. 飞云洞爆炸事件

因飞云洞不在市区，公安局同意克定在这里生产危险物品雷管和炸药，并派一个班的武装警察长期驻扎警戒，禁止闲人入内。

飞云洞正殿内有观音庙一座，以及500罗汉塑像，解放军武装警察部队就住在殿中。雷管组的生产人员不到20人，就住在正殿外一栋两层楼的偏殿中，生产雷管在洞口，上面有岩石遮雨，比较安全，发生爆炸原因，并不是生产雷管引起的，而是因为省物资局修改一批美制硝化甘油炸药发生的。

湖北省物资局分配到一批美国杜邦公司的硝化甘油炸药，是由中央调拨过来的。据称，这批炸药是国民党军队在辽沈战役失败后，由秦皇岛撤退时来不及带走，就丢在海岸上不管了。潮起潮落，大部分受过海水浸泡受潮失效。

省物资局接收后，按废品处理，要求厂里加工干燥，酌量添加少量木粉，尝试恢复原有效能。

克定认为是一个干燥问题，但绝对不能在日光下曝晒，也不能添加氧化剂，但雷管组的技师蒋奇三不听克定的劝告，不但在强烈的日光下曝晒，而且大量加配氯酸钾。

蒋奇三是江苏人，汉阳兵工厂学徒出身，没有文化，在兵工厂雷管车间当过生产工人，不懂理论，只知道制造雷管，由硝酸汞加酒精变成雷酸汞，再加氯酸钾就是烈性炸药，他以为只要加氯酸钾效力就很大，不知其中已造成隐患。

工会一位年轻的副主席刘云卿，劝他按照克定的指示，他不听。刘云卿又去黄石市公安局反映情况，克定当时在长沙和湖南省工业厅商订导火线供货合同，睡在旅社，夜不成眠，起床给工会刘云卿补写一封挂号信，请他力劝蒋奇三千万不要加氯酸钾。

1951 年 9 月 13 日，是农历八月，天气尚热，雷管组的人正在偏殿堂屋中学习、阅报，忽见室内一箱由蒋奇三经手加工改制的硝化甘油炸药起火，箱盖被冲开，楼上尚存有雷管 10 多箱，未送入洞内储藏。慌乱中大家只顾逃命，顷刻间一声巨响，偏殿爆炸，引起正殿着火，正殿中尚存有多箱未加工改制的炸药和成品雷管，接着又一声巨响，正殿所有雷管炸药及半成品等全部引爆，顷刻间飞云洞全部建筑化为灰烬，山下源华煤矿所有房屋玻璃都被震破。

这次事故，没有人员伤亡，只有财产损失。经公安局、检察院、法院三个政法治安单位组成联合调查组，报请中南军政委员会，派兵工局副局长吴运铎前来处理此事。

事故发生后，克定接到电话就去了兵工局，约吴副局长一同前往黄石市，先察看现场，召开座谈会，由全组职工发言，详述事件发生的经过。认定工作组组长兼技师蒋奇三，是事故的主要责任人，已被公安局拘留。

座谈会中，工会副主席刘云卿强调，这次事故应由蒋奇三本人完全负责，他不懂装懂，一意孤行，不听劝告，最终酿成大祸。克定和吴运铎二人商议，由克定撰写一篇事故的起因及其经过，送交联合调查组，并转中南军政委员会有关各部，即公安部和重工业部。最后由黄石市法院作出判决：（1）判处事故责任者蒋奇三有期徒刑三年。（2）飞云洞房屋被毁，由东湖矿药厂迅速出资修建恢复开工。（3）飞云洞原有道士三人，老道士一人，继续为源华煤矿看管水源不被污染外，其徒弟二人，应由源华煤矿吸收为工人，以维持他们的生活。克定由于事前警告蒋奇三不得用日光曝晒，不准掺配氯酸钾，去长沙后，又给工会主席写了挂号信，因此对这次事故不负任何法律责任，免予追究。黄石市副市长任子衡，既是分管工业的副市长，又是东湖矿药厂的副董事长，监管不力，应做深刻检讨，这一事件由中南军政委员会上报政务院，行文全国，引以为戒。

15. 工作组进驻东湖矿药厂

1952 年春节后，克定为了在阳新县伟源口增设炸药分事，前往中南兵工局求见朱、吴两位局长。但这两位领导均因参加“三反运动”，正在写检查材料不能会客。克定只能怅然而返。

不久长江日报刊登一则惊人消息，中南公安部部长卜盛光，重工业部副部长王盛荣二人，因抗拒“三反运动”，被逮捕法办。克定预感到一场暴风雨即将来临，事业会受到极大影响，个人前途吉凶未卜。

果如所料，同年 3 月初，武汉市增产节约委员会派遣的工作组进驻了东湖矿药厂。他们头戴解放帽，背着行军式的背包，找到工厂工会主席，立即发动群众，组织工人纠察队，召开全厂职工大会，宣布克定不得离开经理室，坦白交代“五反”材料，并和外界断绝一切来往。

当时“三反五反运动”正在中国全面开展，所谓三反就是：①反贪污，②反浪费，③反官潦主义。“五反”是：①反行贿，②反偷税漏税，③反偷工减料，④反盗骗国家财产，⑤反盗窃国家经济情报。

运动开始后，不断召开各种大会、小会，批判和逼迫、要求检举揭发，克定写了近百张纸，交代各种问题，但都被说是鸡毛蒜皮，避重就轻，不符合工作组要求。

搞了两个多月运动，就停了两个多月的生产，最后抄了克定的家，把为数不多的金首饰都拿走了，账上的周转资金拿走了，剩下一个空架子，定为基本守法户。

与克定合作的那位北京朋友王弘义，生性倔强，在“五反运动中”和工作组对着干。开批斗会，工人们控诉资本家是工人们用血汗养活的，要他表态，他说他清华大学毕业，留日回来，出资办厂，养活工人数百名，是他养活工人，不是工人养活他。又说五星红旗，中央一颗大星，是代表共产党，周围四颗小星是四大阶级，他是民族资产阶级，是共产党的朋友，不是敌人，今天开大会批斗他，是极大的错误。

由于他抗拒运动，激怒了工作组，批判升级，后被判刑，送往塘沽盐场劳动改造，不知所终。

16. 在破旧的关帝庙里又建了一个炸药厂

东湖矿药厂从 1951 年春开工，到 1953 年年终停业，共计三年时间。停业有两个主要原因，第一，经过“三反五反运动”，工人获得了企业的管理权，资方完全失去控制权，纪律松懈，生产下降。伟源口的炸药厂，因厂址偏僻，失去管控的工人，夜间打牌赌博，白天不按时上班，克定妻子批评他们几句，工人们就说资本家反扑，要开大会斗她，吓得她当夜自杀，所幸抢救及时，未酿成人命事件，因此克定下决心申请停业。第二，生产爆炸器材，本身就是危险性行业，如工人不听指挥，不严格遵守操作规程，随时有发生毁灭性爆炸的可能。1952 年发生的飞云洞爆炸事件就是一个惨痛的教训，申请停业报告，得到湖北省工业厅的批准，职工由工业厅另行分配工作，财产及善后事宜，由省高级人民法院经济庭做出了合理裁决。

1953 年底，东湖矿药厂停业。克定考虑今后出路，只有利用会制造各种爆破器材的特长，凭技术生活下去，但不再当资本家，于是发起组织生产合作社，以合股经营形式申请执照。开始人员很少，14 人全部是新化同乡，公推潘日升为经理，克定为技师，地址选定在青山区长江中一孤岛，名叫天兴洲，洲尾有一座关帝庙，年久失修，无人过问，大家就利用这破庙，修修补补，正式开工生产，取名青山矿药厂。

正巧武汉钢铁公司厂址选在青山区，1954 年冬开始进行基建，1955 年大兴土木，处处需要炸药，另外京广铁路计划改成复线，武圣关开凿隧道，芦山修建盘山公路，也都需要大批炸药。于是，青山矿药厂生意兴隆起来，亲戚朋友入股的人数逐渐增多。到了 1956 年，私人企业实行社会主义改造，不由分说，青山区人民政府上报市政府，将工厂改名为公私合营青山矿药厂，拨归市化学工业局领导，调汉阳油脂化工厂保卫科科长朱洪胜为公方代表，潘日升为私方代表，克定仍为技师，职工人数已近 100 人，另在天兴洲尾筑起防爆车间，生产烈性炸药硝化甘油炸药。

1957 年夏季，克定和公方代表朱洪胜正参加市化学工业局召开的生产会议，忽然接到青山公安分局电话，说天兴洲火药厂爆炸，要求大家迅速回厂处理善后。克定和朱洪胜二人赶回，发现洲尾新建车间已荡然无存，因事先设有防爆墙，所以没有波及其他建筑物，人员亦无伤亡。

青山矿药厂事故发生原因，据技术员潘志云反映，是由于收购的废炮弹炸药，在日光曝晒下所引起的。青山矿药厂这次事故没有伤亡，主要是作业区远离生活区，并筑有防爆墙，爆炸波直冲天空，弹壳破片被防爆墙挡住，但由于作业区内尚存有未拆卸的一枚水雷，引爆后威力过大，隔江鸡笼小镇街上百货公司的瓷器玻璃等商品全被震塌在地。另有一青年妇女，提一只鸡回天兴洲娘家探亲，青山矿药厂爆炸时，一块水雷破片，从天而降，击死她手提的那只鸡，她的手及身体却安然无恙，可谓不幸中的万幸，也是罕见奇闻。

由于青山矿药厂已经社会主义改造，属武汉化学工业局领导，在天兴洲事故发生后，化工局建议迁至汉口堤角外湛家矶，那里已经被城市规划局划为危险产品生产区。同时，市计委为了配合建设需要，也计划把青山矿药厂扩建，投资300万元，在湛家矶重建新厂房，改名为国营武汉市矿药厂。原来出资入股的人，合理安排工作，资金不退，每年可领取股息。同时调武昌曹祥泰酒厂厂长来担任厂长，克定被化工局任命为工程师，被派往东北抚顺火药厂参观学习。

1957年冬，克定从东北学习回来，路过北京，去重工业部联系原料调拨问题，听说有苏联专家已向国务院建议，为了安全考虑，爆破器材应由中央统一生产，地方小厂一律停办。克定回到武汉，将此事向计委汇报，计委遂要求暂时停建。

拖到1958年春，中央号召开展全国工农业大跃进，武汉市党委下文，武汉矿药厂立即复工，克定和原青山矿药厂厂长朱洪胜同时得到通知，去化工局上班。不想3月18日，即克定上班的第三天，就被送进宝丰路监狱，最后以历史反革命罪判刑5年，强迫就业7年，共失去自由12年。

克定进监狱以后，青山矿药厂复工，改称武汉矿药厂。由于工农业大跃进，各方面都需要大量炸药，武汉矿药厂日夜加班加点，职工已达到一千人以上，业务由中央重工业部直接领导，同年4月，为了保密起见，将武汉矿药厂改名为584厂。

17. 被捕入狱

1958年的3月，正是江南的早春季节，乍暖还寒。18日那天，阴雨霏霏，一辆黑色小轿车停在汉口车站新成里13号门前，走上楼来三个人，其中一人是便衣，两人穿白色警服，拿出一张逮捕证要克定签字。克定看案由一栏是空白的，便拒不签字，他们一面监视克定的行动，一面搜查房间，还撕开沙发背后的布套，认为里面还会藏有枪支和电台，把克定当成了反革命要犯。

小轿车带着克定直接开进了宝丰路监狱，在值班室里进行登记，登记表上有案由一栏，克定没有填写，值班的问克定为何案由不填写，克定说逮捕证上这一栏是空白的，自己也不知道为什么到这里来。克定把姓名、年龄、籍贯、职业、文化程度等栏填好，另外又把身边的财物如手表、钢笔存折等一一登记在册，然后由值班人把他送到楼上一间有6个人的牢房里，并交代在室内不得和同室的人谈案情，也不能互报真实姓名和住址，只记住自己的编号，克定的代号是93号，接着咔嚓一声，牢门落锁，从此克定就真正成了一名囚犯。

市检察院来了一位检察官，是一名中年男子，新化人，他对克定及其家庭情况非常了解。他一面交给克定一份起诉书，一面按起诉书上所列各条对克定进行一次复审。起诉书共分两部分，第一部分是列举克定在国民党执政期间所担任的职务，第二部分是克定在新中国成立后，创办东湖矿药厂和青山矿药厂在经营中的经济行为。起诉书的最后部分总结是被告人在国民党执政期间担任伪职多年，是反动政府的骨干分子，一向与人民为敌，新中国成立后不知悔改，在经营中投机倒把，牟取暴利，本院以妨碍社会经济秩序罪提起公诉。

克定对检察官申辩说，新中国成立前担任的伪职在加入中国民主同盟时，已向组织上交代清楚；新中国成立后创办企业的经济行为，已在“五反运动”中作了结论，定为基本守法户，免予法律制裁。检察官说历史问题交代了，不等于处理了；经济行为，“五反”中定为基本守法户，不是法院判决的，没有约束力。克定在新中国成立后，包庇逃亡地主刘汉益（克定父亲）、谢文会（克定姨父）、反革命分子刘文定（克定三弟）、曾唯（克定小学同学）等人，都是严重违法的罪行，应好好考虑，如有不同意见，可以向法院申诉。说完这些话就夹着公文包走了。

克定被市检察院以妨碍社会经济秩序罪提起公诉，在看守所等待法院复审判决。久等之后判决下来了，但判决结论却是根据惩治反革命条例第十三条判处有期徒刑五年。按该条例规定，凡在国民党政府担任过伪职文官乡长以上，武官连长以上的，都属于反革命分子。判决书下达后有十天的上诉期，克定考虑在国民党政府工作过 10 年，官职不大也不小，不是主犯，也是帮凶，现在政权更迭，判五年有期徒刑还有何话说，也就放弃了上诉的想法。

18. 劳动改造中确实体会到了尊重劳动的含义

1958 年秋，判刑入狱的克定被集体押送到汉阳新生塑料厂接受劳动改造。

劳动改造首先是从事体力劳动锻炼，要求犯人挑砖装船。克定从挑10块红砖下河装船开始，慢慢增加，一个月后可挑到20块红砖下河，红砖每块重5斤到5斤半不等，20块红砖，共重100—110斤，当时克定42岁，基本上达到了中等劳动力的标准。

体力劳动不到三个月，就调入车间从事化工生产，后担任仓库保管工作。塑料厂规模很大，仓库也很大，储存的原料达数百吨，由克定一个人保管，责任不轻，进料发料有一套完整制度，克定从没有出过差错，年年得奖。

聚氯乙烯树脂是一种同面粉一样的白色粉末，也是布袋包装，车间在使用时，一般都是粗心大意，倒不干净。克定回收包装时，每一个口袋，都仔细检查，重新抖一次，日积月累，被克定抖出来的余料竟达数千斤之多，年终盘点仓库，得到了表扬奖励。

克定参加劳动改造，是背着思想包袱的。从电影中、书本里，克定得到的印象是犯人就是奴隶，就是牲口，在劳动中挑不起的要你挑，扛不动的要你扛，挑不起扛不动，就用鞭子抽打。克定真正接受劳改后，发现共产党的劳改政策并不是想象的那样。首先在劳动锻炼中不施加压力，慢慢地让你锻炼，尽力而为。另一方面监狱管教和家属也参加体力劳动，和犯人一样，挑红砖下河装船，不过家属参加劳动是有报酬的，管教干部家属参加体力劳动，对犯人起到了安心改造的良好效果，使他们确实体会到了共产党所说的尊重劳动，劳动第一、劳动创造一切，不是一句空话。

大跃进时代，也就是中国历史上浮夸风最盛行的时代，在农业上，出现了亩产稻谷10万斤的奇谈怪论，这股风也波及到劳改工厂。只求数量不讲质量，厂里的酚醛车间出了数百吨不合格的绝缘板，全部报废。

厂内经常听到有报喜的锣鼓声，砖瓦厂不甘落后，成立了化工车间，有一次大张旗鼓地宣称，该车间试制成功了一种世界上少有的珍品“汙泥素”，比青霉素名贵得多，克定见他们抬着一坛所谓的汙泥素粗品（半成品待提炼），贴上一红纸喜字，敲锣打鼓，向厂部和政委报喜，据说原料来源丰富，是阴沟里的臭泥巴，取之不尽，用之不竭，后经有关部门核实，批评他们是在瞎胡闹。

1959—1962 年，三年大灾，全国粮食短缺，劳改单位的口粮由劳改农场保证供应。劳改人员的口粮，也是定量供应，每年评定一次等级，克定的口粮，评为每月 42 斤，基本可以吃饱。有一次劳改人员在汉江边修水闸，中午送来饭菜，老百姓发现他们吃的是黄豆煮的大米硬稀饭，非常羡慕，问他队里还要不要人，也愿来参加劳动，劳改人员听了啼笑皆非。劳改人员想出去，老百姓想进来；劳改人员想自由，老百姓想吃饱。

克定在服刑的五年中，虽然失去了人身自由，但通过体力劳动，增强了体质，治愈了多年的疝气病，五年中没有发生过病痛，他自己认为，主要是思想开朗，性格达观。晚年时常对别人说：“只要心中有流不尽的甘泉，就没有征服不了的沙漠。”

克定在改造中，有些事至今难忘。有一次去机井打水，塑料厂的车间主任也来了，克定自然让他先打，但他坚决不同意，让先来的克定先打。这位主任姓崔，山东人，是军人转业，他多次在战争中负伤，为人正直忠厚，从来不摆架子，他是管教队的大队长，兼任克定所在的塑料厂的车间主任。克定他们这些人都在他管教范围之内，如换一个人，摆架子还来不及，岂能让克定先打水，由这一件小事，使克定在监狱里体会到了做人的尊严。

劳改的五年时间，在克定曲折的一生中，是又一道沟坎，但迈了过去。

19. 刑满释放后，依然要留在农场

1963 年 3 月 18 日，克定刑期届满，三弟满怀期望地来塑料厂接他回家。想不到管教股长通知说，湖北省公安厅有单行法规，凡国民党的骨干分子，刑满要留厂就业，刘克定属国民党县团级以上干部，刑满只能留厂就业。克定当时思想非常不通，但在监狱逆来顺受也习惯了，又没有别的办法，只好无奈地去农场就业了，随后过了七年不是监狱又似监狱的特殊生活。

塞翁失马，焉知非福，欣慰的是克定躲过了那场史无前例的“文化大革命”，假如当年回到了原单位工作，正遇着“文化大革命”，克定可能早就被造反派活活整死了。1958 年，克定创办的矿药厂改名武汉矿药厂，后又改称 584 化工厂，克定的接班人阳昌球在“文革”中被打成重伤，于 1980 年去世，克定却能健康地活至百岁。

湖北省的沙洋地区，是著名劳改农场所在地。那时沙洋地区，除农场外，还出现了许多配套的工厂和企业，碾米厂、木材厂等应有尽有。沙洋农场化肥厂规模宏大，远近闻名，还有建筑工程队，汽车队，船运队等。服务行业如餐馆，旅社、副食店、百货公司、电影院、理发店等，也应运而生，银行、医院、邮电局、新华书店等相继成立。沙洋小镇就这样繁荣起来，沙洋农场管理局就设在这里。

1963 年，克定被调来沙洋农场就业，首先分配在马良农场所属的采石厂，参加劳动。马良采石场，设在汉水江边，开采出来的石料，除自用外，可装船运销外地。这个单位的生产人员，是劳教分子和刑满释放的就业

人员。该厂主要工种是打眼放炮，这些都由有技术经验的正式工人担任，其他辅助工种，如运输石料下河、锤小石子，以及清理料场，炊事勤杂等多项工作，都由克定这类人分组担任。

克定因在汉阳新生塑料厂锻炼过一段时期，体力有所加强，被评为乙等劳动力，安排在运输组，配合甲等劳动力，共拉一部板车，运石料下河。采石场两周休息一天，上工时间还是按 8 小时计算，各工种都有定额。厂内有食堂，下工后分小组学习，学习内容和文件由厂部安排，有事外出上街必须请假，不能随意离队，基本工资每月 30 元，超额完成定额的酌加，完不成的照减，克定一向喜欢劳动，从不缺勤，每月都能保证完成任务。

克定在采石厂期间无意中曾立了一个特等功。有一天克定拉着空车回厂，途经一口大水塘，发现有一小孩在水塘中挣扎，眼看快沉下去了。克定急忙放下车，连衣服来不及脱，跳下水，把他拖出水面，带到岸边。孩子是附近村庄的小学生，刚学游泳。克定救出他后，又嘱咐以后切不可一个人单独下水。克定认为这是一件小事，回厂时没有向厂部报告。第二天，那孩子的家长写了一张大红纸感谢信，带着孩子，来采石厂寻找救命恩人，孩子认出了克定，就一同去厂部说明了经过。

第二天早起出工时，厂部召集全厂职工在厂内广场召开了表彰大会，表扬克定这次舍己救人的先进事迹，号召全体职工向克定学习。同年冬天，马良农场给克定记了一个特等功，还奖了克定一套全新的卡其布工作服，又作为劳动改造的典型进行了传播并教育大家。这位过去国民党时期的官老爷，通过劳动改造，获得人民政府的第一次奖励，省劳改局所办的《新生报》曾报道了这一事件的经过。

20. 排成两队报数，单数去湖区，双数去山区

1966年5月，中共中央发出了“五一六”通知，一场史无前例的“无产阶级文化大革命”，就轰轰烈烈地开展起来了，一直延续到1976年。在这漫长的十多年里造就了无数悲剧。

“文革”一开始，沙洋各个农场就进驻了军代表，实行军管，宣布就业人员不准参与造反，应响应中央号召，加强学习，进行思想改造。

“大海航行靠舵手，万物生长靠太阳……”克定他们出工下田，都要整队扛着语录牌，一路高唱革命歌曲。不久，早请示、晚汇报也出现在农场，每天早上出工，傍晚收工，必须整队，站在队部墙上一幅巨大的毛主席画像前，敬礼，读语录，无比虔诚地向毛主席他老人家忏悔自己的私字一闪念，向他老人家请罪，心甘情愿地接受人民民主专政。

马良农场的生产者都是刑满后被强迫留场的就业人员，本身就背着一个很沉重的思想包袱，期盼早日解除内专（对内专政对象），恢复自由，回到社会中去，哪里还敢抗拒这一场“无产阶级文化大革命”。

1970年秋，一天早晨，队里忽然宣布，凡家住在大城市和沿海地区的人员，一律集合排队报数，单数和双数分列为两行，单数下放湖区，双数下放山区，接受贫下中农的再教育，克定是双数。

克定下放的地点是罗田县农村，一切手续由护送的干部代办。就这样克定匆匆结束了在沙洋的七年就业生涯，从一个无形的监狱，送到另一个无形的监狱。克定在流放沙洋漫长的七年，度过了五十岁的生日，告别农场时克定一无所有，仅留下了一首生日有感的七言诗。

芒鞋踏破短长路，亡羊今始叹歧途。

五十年华尘与土，愿化春红迎鹧鸪。

21. 冒险走几十里山区夜路，就为了回到自己认为的“家”

克定下放的罗田县是大别山区的一个小县，和安徽省金寨县搭界。

1970 年秋，克定乘农场的卡车，连人带行李，颠簸一路来到了罗田县三里畈区，由区政府分配去黄冈庙公社占子石大队第七小队落户劳动。这个小队位于大队部对面的高山顶上，地名王家榜，只有数户人家，是占子石大队中一个最贫困的生产队。

罗田县在群山中，正修建一座跨马墩的水库，动员全县民工十余万人，分批轮换去参加义务劳动。克定在下放王家榜生产队的当年冬季，也被派参加这项工程。任务完成后的当天，克定需要翻越几座山梁，越过几道河涧，挑着行李，步行七十余华里，才能回到占子石大队，这时已经黑夜来临了。又是寒冬腊月，阴雨连天，能见度极低，有人善意地劝克定当天不要着急回去了，就在生产队的队部凑合一晚，第二天再说，但克定归心似箭，回想起少小离家，负笈武汉，浪迹社会，历尽艰辛，失去自由也已十几年了，早已抱定四海为家的思想，单身度日，已成习惯。克定认为目前的家，不在北京，不在武汉，就在对面高山顶上的王家榜。下定决心当晚一定要回到这个家，于是挑着行李开始冒险翻山。

回程中，有的山路上有悬崖、下临深谷，白天走都很危险，晚上摸黑就更加难走，还好，有惊无险，这件事情克定印象非常深刻，事后也不知道自己怎么就走了回来。

1971 年春，克定由山上的七小队调到了山下的第六生产队，这个队人口较多，有二十多户人家，地名叫熊家湾，名副其实，全村都姓熊。

“四人帮”打倒以前，农村以阶级斗争为纲，农民被管得很死，克定小队有位农民去黄冈长江码头拉板车，被民兵捆绑回来挨斗，说他走资本主义道路。农民除了分到的一片小得可怜的自留地外，田边地角，甚至山坡荒地，都不准种任何作物。下放的地方都没有自留地，连克定在一偏僻的山脚下栽的一棵南瓜秧子也被区干部扯掉了；最后连喂鸡也受限制，每户不得超过三只，超过了要自动杀掉，叫作割资本主义尾巴。

22. 找到军区司令员帮忙，也没有解决谋生的户口问题

在“文革”年代里，上上下下仍以阶级斗争为纲。克定这些所谓的阶级异己分子，想要在社会上找到一个正式工作，是根本不可能的。“文革”之后，乡镇企业开始蓬勃发展，离武汉市不远的金口镇，需要一批有文化有技能的知识分子，前往协助创办企业。

克定在武汉市经营东湖矿药厂及青山矿药厂时，曾结识金口镇管工业的吴书记。克定找到他，很快被安排在前进电镀厂主管对外业务的供销工作，月薪72元，有了固定收入，克定就踏入谋生的第一站。

前进电镀厂，是地方政府为定居金口镇渔民家属及其子女创办的集体所有制企业。前进渔业队的书记邹树海、大队长易洪茂，分别兼任这个厂的书记和厂长。当时克定的户口仍在罗田农村，“内专对象”要迁离下放地点，是非常困难的。

1974年6月14日，金口镇革委会写好公函，交给易洪茂厂长携带，亲往黄冈庙公社，要求批准克定留在金口镇工作，遭到拒绝。之后克定找到584厂长王凤山，他是一位老红军，经他介绍，去找他的老战友黄冈军分区司令员谢春林。

在一个大雪纷飞的严寒日子里，克定乘长途汽车去黄冈，找到了谢司令员，他立即为克定给罗田县县长挂电话，要求迁移克定的户口。谁

知公社干部给湖北省军区写了封匿名信，告发谢春林为克定的户口开后门，谢春林受到了上级批评，此事也就作罢了。克定担心山区公社因此可能会找自己的麻烦，于 1975 年春回到湖南新化老家另谋生路。

23. 古稀之年依然还帮别人建工厂

1975 年初，克定回到湖南新化老家，开始在南源区汽车修配厂工作，主要是为该厂采购装配汽车的零部件。他的户口通过新化县公安局出证明，转交罗田县公安局，直接办妥了户口迁移手续。当时农村迁农村，全国统一由县级公安局出具证明，即可办理。但农村迁城市，即所谓“农转非”就非常难办。克定最初迁来的户口，只能在农村落户。

克定的户口被安排在上渡公社九生产队，他在汽车修配厂的工资在第九生产队领。克定的劳动报酬，由生产队记工分，到了年终，按分值结算。当时该生产队的工分值，每月平均分摊不到 10 元，克定由金口镇转来的工资证明，每月 72 元，汽车修配厂照原数付给公社，克定每月损失工资 60 余元。这对克定来说实在是太不公平，但按当时政策，是无法更改的，唯一解决的办法，就是户口能迁入城市。

当年新化县城关镇新成立了一个电极糊厂，需要克定去承担一部分产品外销任务。克定于 1975 年秋脱离南源汽车修配厂，迁居城关镇进入电极糊厂工作，由于户口在上渡公社，克定的工资仍不能自领，必须拨交该公社。

城关镇委唐书记为了让克定能在城关镇安心工作，就把户口迁入他的家庭所在地湖水公社。算是“上有政策，下有对策”。唐书记一句话，湖水公社对克定的事一概不过问，工资也可以自领，克定终于领到了应属于自己的72元的全额工资。

克定在电极糊厂一干就是10年。十一届三中全会后，政策放宽，克定被任用为电极糊厂管生产技术的副厂长，当时厂长是城关镇商界名人晏汉生。

正如克定搞火工品一样，长期从事这项工作，有了实际经验，又能从书本上获得一些理论和数据，两相结合，生产碳素制品，就成了克定除了火工品以外掌握的第二门技术。

1985年，克定已进入古稀之年，过了退休年龄，娄底地区资江煤矿党委计划成立碳素厂，生产电极糊，招聘克定和晏汉生两人前往协助办厂，因此克定就正式脱离了新化电极糊厂，同时办理了退休手续。

其间，克定于1979年去北京探亲，顺便去看望公安部政策研究办公

刘克定夫妇与儿子于北京（1975年）

室的黄萃英主任。她是克定妻子的幼年同学。克定咨询她有关户口迁移的问题时，她说按国家规定，劳改刑满人员原来户口在农村的回农村，在城市的仍回城市，如地方不按此规定办事，可以向公安部申诉。

克定回新化后，给公安部信访处写了书面报告，经过漫长的等待，

刘克定夫妇在北京（1979 年）

经政研室审批后，下达湖南省公安厅执行，通知城关派出所为克定上户口，终于恢复了他的城市户口。克定户口本上迁移原因，写的是“上级指示”，落户地址是青石街一号。

克定有了城市户口，求生谋职的路子更加宽广，为了能定居北京，克定辞去了资江碳素厂的顾问职务，转而参加河南安阳市西郊碳素厂及山东新太市福利碳素厂两个单位的筹建工作，从 1987 年开始，给这两厂设计厂房、安装设备、指导生产，直至生产出质量合格产品为止。

24. 二十年没有见面的妻子叶宝绶

克定的妻子叶宝绶，原籍武昌豹子澥，生长于北京。她父亲叶润民，早年留学日本，学医回国后参加辛亥革命，后随黎元洪大总统在北京就任中央防疫处处长（中央防疫处后改称卫生部）。袁世凯篡权后，他在宣武门外大街自费开设城南医院，直至 1928 年病逝。

叶宝绶的母亲王贞，北京人，1972 年，克定下放罗田时病逝。她兄弟姐妹共有 6 人，弟弟叶先泽在台湾退休，是黄埔军校第十七期毕业生，曾任国民党政府“总统府”侍卫官多年。

叶宝绶初中就读于北京市师范学校，后转学西单翊教女子中学高中部。1936 年和克定在北平结婚，当年她 19 岁，克定 20 岁，可算是少年夫妻，她二哥叶先金在武昌中华大学和克定同学，两人是通过这种关系认识的。

结婚后第二年，1937 年 7 月 7 日，卢沟桥事变爆发，克定夫妇携带初生的孩子逃离北京。当时平汉铁路已经中断，他们是从天津乘津浦路火车，先到南京，再搭乘英商太古公司轮船到达汉口。由于汉口亦遭敌机轰炸，又回到湖南新化克定的老家。战时逃难，一路辛苦，初生婴儿刚到南京突患重症脑膜炎，送往南京著名的中央医院小儿科医治，刚脱离危险，就抱回旅社，中央医院随即遭敌机轰炸，病房大楼被毁，侥幸逃过一劫。

1939 年，克定在西安工作，她千里寻夫，经过四川时，正遇重庆敌机大轰炸，她背着两三岁的幼儿死里逃生，历尽艰辛，来到了西安。夫妻俩在西安共同度过了国难时期的 6 个春秋，虽然天天有空袭警报，但还是平安地闯过来了。到西安三年后，她进了金城银行工作，家庭经济才日渐宽裕。

1945 年抗日战争胜利，一家人又回到了阔别 8 年的北京古都，克定已是国民党的接收大员，用不着她去当小职员养家糊口了。但好景不长，1948 年解放军到北平西郊，他们又一次带着儿子由天津乘海轮逃离北平，第二次回到湖南新化。

1950 年，全国解放，社会恢复了正常秩序，她在克定创办的武昌东湖矿药厂任出纳。1952 年东湖矿药厂停业后，她去了北京，在全国妇联做财务工作，而克定留在武汉创办青山矿药厂，从此一南一北，两地分居，长达 20 年之久。

她在全国妇联工作时期的历届评比中，都被评为先进工作者。直到“文化大革命”开始。全国妇联，虽是妇女组织，也在劫难逃，大小干部，有的挨批斗，有的被抄家，到处打倒一切，怀疑一切，无中生有，上纲上线。遭遇最惨的，是妇联书记曾宪植，她在五七干校一次批斗会上，脖子上挂着亡命牌，上面写着地主阶级的孝子贤孙，被五花大绑，和一批判处死刑的刑事罪犯，一同押赴刑场，执行枪决。一阵枪声以后，她没有死，又被拉了回来，原来这是陪斩。在那特殊的岁月里，对待特殊的专政对象，采取了特殊手段。

叶宝绶在全国妇联搞财务工作，是一般干部，够不上当权派，但由于叶剑英、曾宪植夫妇，是她表兄、全国人大代表熊子民夫妇的老战友、好朋友，叶宝绶也和曾宪植平时比较接近，又兼家庭出身不好，社会关系复杂，种种原因，她被停职反省，写了无数次书面材料都过不了关，最后送往西华五七干校劳动改造。干校是按军队组织生活，重活脏活，都由这些有问题的人承担。艰苦劳动造成她脊椎严重侧弯变形，后罹患骨癌，于1990年11月8日癌细胞转移到肺部，不治身亡，终年73岁。

25. 克定老人八十岁时的自述

俗语说“人生七十古来稀”，1996年冬季，屈指算来，我已届80高寿，属超龄老人了，在人生的旅途中，我搭上了末班车。

万物静观，弹指一瞬间，几十年岁月，就在不知不觉中悄然消失，那些剪不断理还乱的思绪，那些寒山秋水、野风惊梦、天朗气清、惠风和畅的日子，似乎远远遁去。可是监狱的阴影，依然是胸心中的重压，狱中的苦难，历历在目。

“受不完的蒙蔽，请不完的罪，流不完的眼泪，站不完的队。”感情支配理智，狂热取代思考，理解的要执行，不理解的也要执行。我也经过了这个不可思议的，长达十年的荒唐年代。

在我年轻的时候，我也有过浪漫主义的憧憬。1934年我18岁，初到北平，过着一种浪漫的大学生生活。在一只心爱的自来水钢笔上，刻上了几行小字，“人生不可不储三副血泪，一副哭文章不遇识者，一副哭从来沦落，不遇佳人，一副哭天下大事不可为。此三副方是英雄血泪，非复儿女情长，执手涕泣比也。”真是少年狂妄。但后来我真是按照这三条原则，进入我的人生轨迹。

回顾一生，有高兴享福的日子，也有受苦受难的日子，我坐过牢，做过官，挨过炸弹，翻过船。提起翻船，那是1953年的事，我所经营的东湖矿药厂“五反运动”后被迫停业。我从阳新县玮源口雇船装载我的行李、家具及书籍等回武汉。在黄石市广阔的江面上，遇到强大的风暴，船被打翻，我和船上的水手都被翻到江心。我一手抓着一件行李，一手扳住船的后沿，随波逐流，虽然到了临死边缘，但我人很清醒，我会游泳，估计我一时死不了。当时正是正月天气，还身着棉衣，时间久了也会冻死在江里，所幸黄石市水上公安局的救生艇开来了，把我们救了起来。

从这次事故中，我也悟出一些道理，生死只是偶然一瞬间的事，假如我那时心一慌，手一松，很快就会葬身于汹涌波涛之中。

回首前尘，正如我的间接友人姚雪垠在一首诗中所说，“我爱史诗彩色多，缤纷世事入网罗。英雄痛洒山河泪，儿女悲吟离乱歌。正看惊涛奔急峡，又随流水绕芳坡。丹青欲写风光细，不绘清明上汴河”。人的一生有逆境，有顺境，浩劫后的晚晴，刚刚呷出一点生活的甜味，说不定，又一次暴风雨接踵而来。我自然不能例外，就在这惊涛恶浪与流水芳波中，度过了我多变的大半生。

我能活到现在，不聋不瞎，耳聪目明，步伐轻盈，精神爽朗，一个绝招，就是数十年潜沉自敛，光风霁月，对世情看得很淡，把生死置之度外。有道是“死去生来都是幻，幻人哀乐系何情”。能学孔老夫子在雨中歌唱的精神。过去的让它过去，不管在生活中遇到何种重大打击和挫折，都看成是小事一桩，不足挂齿。

一千七百年前的陆机（261—303）《叹逝赋》“川阅水以成川，水滔滔而日度。世阅人而为世，人冉冉而成暮。人何世而不新，世何人之能故”。

不错，河中流水，永远是新来的。一代一代的新人辈出，谁又能永远成为旧人而不逝去。生、老、病、死乃人生规律，所以著名电影演员赵丹临终遗言，切切不可给他奏哀乐。

在人的一生中，遭遇着许多坎坷和不幸，是可悲的。但这正是对自己生活的赐予，假如没有经过这些坎坷与不幸，何以更深刻地认识到人世间的真善美，又何以能领略到“昨夜西风凋碧树，独上高楼，望尽天涯路”的深邃境界。

“亲落落而日稀”，

“友靡靡而愈索”。《叹逝赋》

刘克定九十华诞聚会（2006 年）

托末契于后生，余将老而为客。人生天地间，譬如远行者，我搭乘的末班车已望见终点，“看蚯蚓翻泥，听细草的根儿吸水”，为期不远。少年衣食马牛走，奔波只为稻粱谋。一生漂泊无依托，衰老终年客大都。

晚年时，刘克定一直由孙子、孙女等陪伴，悉心照顾。2014 年，老人百岁时，病逝于北京。

老人都快一百岁了，还在做志愿者

1. 两个哥哥是抗日英雄

1921 年农历二月初一，湖南双牌县的一个家庭迎来了他们的第七个孩子，是个女孩，起名欧福秀。上面有五个哥哥，一个姐姐，她是家里最小的孩子。生她的时候，母亲四十九岁，当时已经做奶奶好几年了又怀上了她，福秀的侄女比她大四岁。欧福秀的妈妈认为这么大年龄了这孩子还是不要了，父亲不同意，要留下这个孩子。福秀的嫂子也说人来投身鸟来投宿，这个孩子得留下，由哥哥嫂子们带。因此，福秀岁数虽然小，但是辈分很大，哥哥的子女虽然年龄比她大，但是要管她叫姑姑。

后来长大后福秀给父亲做鞋子，有一次做了两双夹棉的布鞋，很漂亮。父亲还穿着给母亲看，说："当时你说这个孩子不要了，你看这鞋子哪里来的啊，你看我能有这鞋啊全靠她。"

福秀对她小时候家乡的土匪记忆很深。曾经记得一年里边最多来家里抄家七次。福秀的爷爷就是被土匪给打死了。记得有一年家里大哥和四哥也被土匪抓走了，还告诉需要多少钱来赎人，在他们如数拿到钱了之后，大哥四哥被安全释放了。如果土匪来抄家，家里所有的东西，包括被子，连桶都拿走。一来就是一大帮几十个人。只要放哨的说土匪来了，大家都先全部躲进山里。有一回土匪又进村了，家里人来不及抱走她。福秀爸爸后来返回村里看到她，她还活着，还在睡觉呢，爸爸对她开玩笑说，“我的小女命真大，还帮我留了一床被子”。

后来乡里组织了抗击土匪的武装力量，叫民代团，每一位青壮年发了一支土枪，组织大家都行动起来，还规定如果万一被土匪打死，之后其家庭就由大家一起抚养。福秀的父亲是民代团团长，当时团里有四百多人，身为团长的父亲在当地非常有威望，因此欧奶奶小时候的生活条件比那个年代的很多同龄人略为优越。

因为年龄小，福秀在家中很受长辈和兄姊的保护和偏爱，父母亲也都非常宠爱这个他们中年才迎来的小女儿。她的五个哥哥中，有两位是抗日英雄，一位是医生。两位参加抗日的哥哥中，有一位在战斗中阵亡。另一位是她的二哥，在战斗中屡立战功，好几次炸弹都在离他很近的距离爆炸，但运气很好，没有受伤。有一次为了躲避炸弹，哥哥不得已跳入河中，才保住性命。因表现英勇，二哥在一年内连升三级，年纪轻轻就担任团长。

二哥在带兵打仗的时候，每次战役之前，按照军队的惯例都要给士兵发钱，有的部队是打完仗再发，二哥的团则是打仗前就发。别人问为什么，二哥说，士兵拿到钱，可以先寄回家里。打完仗，人要是没了，家里什么都没有了。

二哥的一个儿子在外地上学，有一次写信给他，让他不要把钱都给爷爷，多留一些给自己。二哥看了信，大怒，不依不饶，把儿子叫回家来，反复追问他是谁教他的，最后确定不是别人教的，是儿子自己这么想的。二哥就罚这个儿子在祖先的牌位前磕头忏悔。这才算完事。

“小时候我哥哥教我骑马，我坐在前面，哥哥坐在后面，马停了，我却不敢从马背上下来，哥哥因怕伤了我，把我紧紧地从马上抱下来。”已近百岁的欧福秀曾这样回忆几十年前的一些片段。

家里非常重视对福秀的教育。七岁时，曾给她请过三年私塾，在家里接受传统教育。在中国二十年代初期，一个女孩子能在家中念三年私塾，是很不容易的事情，只有足够富裕的家庭和足够开明的父母才有可能做到。

福秀从小就很聪慧，书念得很好，记忆力惊人。年至九十七岁时欧福秀竟然还可以朗朗背诵《增广贤文》中的句子：“观今宜鉴古，无古不成今；知己知彼，将心比心；酒逢知己饮，诗向会人吟。相识满天下，知心能几人？相逢好似初相识，到老终无怨恨心……”

2. 两代人都乐善好施

福秀从小深受父亲的影响，那个时候，村里常常有人乞讨，父亲告诉她，乞讨的人有可能是神仙下凡，每次都让她端一大碗饭给乞讨的人吃。

有一次，福秀看到一位乞丐身体很虚弱，就告诉了父亲，父亲把乞丐带回家，为他安排餐食，还安排了床铺给他住。乞讨的人在第二天悄悄地离开了，年幼的福秀认为他真的可能是仙人下凡。因为大山里进出很不方便，不知道这个人从哪里来，又去了哪里。从此以后福秀对于乞讨的人总是心生敬意，从来不敢怠慢，努力去关怀和帮助。

在福秀十二岁的时候，天气非常干旱，小米和其他农作物全部都因缺水而干枯，寨子里的人因为没有了干粮，只好吃野菜度日。当时福秀的父亲已经不再担任团长了，但乐善好施的父亲根本无法做到袖手旁观地看着村子里的人受苦，更何况饿死。他便将他自己家树林里的树全部砍伐，卖掉后换得了三大船米。三大船米运到村里后，父亲开始在寨子里救济灾民。家里完全没有粮食的家庭救济四斗米，家里还有些粮食的家庭就救济三斗米。

当时福秀家里也没有多少粮食了，但她的父亲把粮食分发完以后只是给自己的家庭留了八十斤米，刚够维持家中长辈和七个孩子一小段时间的生存。耳濡目染父母的善良与慷慨，福秀也越来越善解人意。

福秀的二哥有一次带着警卫员回家探亲，因为工作上的事情，哥哥在家狠狠训斥了他的警卫员。在一旁目睹了事情经过的福秀害怕警卫员伤心，赶紧在背后安慰警卫员，告诉警卫员说：“哥哥脾气不好，不要往心里去噢。”

有一次，十几岁的福秀在县城的医院外见到一位妇女在哭泣，就问怎么回事，妇女说自己三岁的儿子病了，没有钱看。福秀就把身上所有的钱都拿出来给这位妇女。让她赶紧给孩子看病。

父亲在1934年那一年连续得了三个孙子，家里喜气洋洋。孙辈们也都很聪慧，其中一个是搞艺术的，有着一副好歌喉，唱歌唱得很是好听。

有一次哥哥的孩子学习英文，在房间中大声地朗读英文课文。欧奶奶的父亲在门外听了半天也听不懂，错以为是孩子在骂人，于是就进房间教育小孩子，用烟杆敲孩子的脑袋。孩子虽然很疼，但仍然倔强地不哭，坚持称自己没有做错，是爷爷做错了。后来父亲了解到孩子在学习外语，就赶紧跟孙子道歉，说自己错了，不应该因为自己没有听懂而误会孙子。

福秀的爸爸这样一个年轻时威风十足的人，在那个时候能够放下作为长辈的架子，对孙子诚恳地道歉，也足以见得老人的开明。这个性格影响了福秀的一生，晚年时，她回忆说：“父亲一生豁达，身心坦荡，错便是错了，就好好认错，没有什么可后悔的事情。”

父亲的开明与坦荡使得福秀家在村子里非常有威望，村子里的老乡家里或老乡之间若有了什么矛盾或者嫌隙，通常都会找福秀的父亲来调解。逐渐地，父亲成了村子里的义务调解员，他经常劝乡亲们，千万不要打官司，打官司赢了钱却输掉了人与人之间难能可贵的感情。

福秀的家庭是一个大家族，家教很严格，父亲尤为重视家庭的团结和荣誉。在父亲的操持下，整个大家庭越来越和睦，渐渐已是四代同堂。随着家族成员变多，家业变大之后，有的小家庭也就慢慢有了异心，想要分家。父亲听后坚决反对，说：“要分家，只有一个办法，那就是去街上买老鼠药给我吃了。”

家中的每一个成员都被父亲培养出了很规范的生活习惯。福秀小的时候，家里的饭桌分为四张，其中两张为男士，另两张为女士。在准备餐食时，家人分工合理，不浪费一点时间；而在全家人吃饭时，也是一点声音都没有，严格恪守“食不言，寝不语”这样的家教。

1959 年至 1961 年，中国经历了三年困难时期，粮食到了极度紧缺的状态。村里的人起初先是在大食堂吃饭，但因粮食不够，饿死了很多人。

由于福秀的父亲多年来对家产的精心打理与维系，使得家庭条件要比村中其他人好很多，再加上哥哥姐姐在食堂干活，被允许以地瓜为食，故而在这样艰难的情况下，欧奶奶一大家子人幸免于难。

欧福秀这一生最伤心的事情就是她父亲的去世。那一年，父亲 74

岁。那天，晚上他早早就睡了，还喝了一些酒，躺着的时候非常的安静，双手作揖。福秀大哥说，老人家一辈子做好事，可能大神大道接走了，好好让他去，就这样走了。福秀说，想必也是去了个好地方。

福秀当时赶了三十多里路来送父亲。她伤心欲绝，一直哭个不停，一整天粒米未进。福秀的大嫂看着福秀长大，对她就像是对待自己的孩子一样。看到福秀如此伤心，甚至有绝食的兆头，大嫂情急之下跪在福秀的面前恳求她吃饭，两人抱在一起哭成一团。

母亲也安慰福秀，告诉福秀她已经尽孝了，爸爸最爱穿福秀做的鞋子，如今能够穿着她做的鞋子离世，也已经没有什么遗憾了。

到了福秀的母亲离世时，因为已经经历了失去父亲的痛苦，福秀已经有了一些心理准备，平静了许多。母亲是知天命的，在离世前，将孩子们都叫到床前，告诉孩子们她快要不行了。当时哥哥非常痛苦，福秀安慰哥哥说，妈妈想走了，就让她离开吧。母亲离世后哥哥一直蹲在地上抱着妈妈，三四个小时都不愿意放开离去，腿都跪得青肿了。

3. 等一个人，等了整整一辈子

福秀长大后，天生丽质，常年素颜，有许多爱慕者。在村子里大家都知道她手很巧，当时一般的女孩子都要刺绣和纺纱，福秀的手很利索，别人纺二两纱的时间她足足可以织出四两。做鞋的手艺是跟着侄女学的，做了很多，鞋子越做越好。后来又学会了织花布、织帐子和插花。

当年的婚嫁还是比较传统，福秀从小深受身为国民党团长的哥哥的影响，所以在她的心中，她的意中人也要像哥哥一样，是骑着马，穿着制服，非常有男子气概的人。

后来，年近百岁的福秀回忆说："我那时想，我非这样的人不嫁哟。"

二十三岁时，她终于碰到了她一生的伴侣，欧阳国旺先生。欧阳先生毕业于黄埔军校，后来在地方当官员，曾任县长，写得一手好字，住在当地的县城里，离福秀的家距离非常远。两人一见钟情。欧阳国旺每次来看福秀时，都需要跋山涉水，走很长的路。

婚后两人相敬如宾。先生不仅写得一手好字，画也画得非常好。福秀也常常跟着先生学习作画。还用她所画的画做插花。先将花的样子在纸上画出来，剪出形状来，再用线绷上，做成头饰。

欧阳国旺在县里口碑很好，在县里主管财政工作，有个弟弟在县里主管法院工作，兄弟俩都很清廉，为人也很好。弟弟因为工作的关系，常常有人送礼，但他就是什么都不收，真正做到两袖清风，断案秉公执法。

婚后不久，时局变了，国民党败退台湾，欧阳兄弟很识大局，和其他官员一起，在解放军进城前，开门迎接解放军，和平交接了政权。

解放军进城后，也很注意保护投诚官员。

在福秀婚后的第五年，福秀二十八岁，欧阳国旺先生和其他人一起去长沙学习，一去就没有了音信，给福秀留下了一个年仅三岁的女儿。

之后的岁月里，福秀就开始盼望丈夫的归来，盼望丈夫的消息，盼了整整一生，都没有盼来。

后来，划成分，福秀家被划为官僚地主，这个成分很让人看不起，日子越来越艰难，丈夫的消失也更是让福秀抬不起头。好在，欧阳国旺的弟弟在当官的时候帮助过不少人，很多好心人悄悄给福秀家里送米、送蔬菜，等等，帮助他们渡过难关。

当时，有很多的传言，其中的一个传言最能安慰人心，是说，欧阳国旺去了台湾。

福秀就这样默默地等。

等到八十年代，台湾和大陆恢复正常交流时，福秀的一个叔叔在一九四九年以前去了台湾，他返乡，大家都很兴奋，找回了一个亲人，但是，他也带来一个不好的消息，欧阳国旺根本就没有去台湾。

大家知道，欧阳国旺永远也不会再回来了。

4. 经历了丈夫失踪的痛苦，但生活依然要继续

丈夫离开之后，依然要继续生活。和唯一的女儿在湖南度过了几十年，之后面对种种的人生境遇内心就坦然很多， 生的风雨一点也不少，但心却不再大起大落。据她自己表达，是因为自己信仰佛教的缘故。

欧阳国旺兄弟在“文革”结束之后被平反，欧阳国旺的弟弟还担任了当地的政协委员，后来去世。去世前，会跟福秀的女儿讲一些过去的故事。

欧福秀是一位虔诚的佛教徒。与佛教的因缘始于她童年时遇到过的一个有趣的人。那时候家里有时会请裁缝来家里做衣服，来家的裁缝一直吃斋念佛，让幼小的福秀觉得很神秘，心里也很羡慕，就想跟着裁缝一起吃斋。但福秀的爸爸认为孩子尚小，还在发育，吃斋对身体会不好，所以反对孩子吃斋。福秀很敬重父亲，也很听父亲的话，所以就打消了吃斋的念头，却从那时起开始坚持念佛，至今已经持续了八十多年了。

福秀有一个不为外人知道的秘密，她说她从小心里就有观世音菩萨，而且观世音菩萨总在无形中帮助她。很小的时候福秀去放牛，连续跌了三跤，却安然无恙，福秀说是观世音菩萨在保护她。放牛也都是靠佛菩萨，菩萨把牛拦在那里，牛儿们就乖乖在那片地方吃草。后来村里的鸡都生

了鸡瘟，很多家的鸡都死掉了，但她自己家里的鸡却十分健康。

再后来，女儿家在盖房子时，抹好的水泥需要水养护时，天就会下雨。这些小小的幸运让欧福秀更加笃定，佛菩萨一定在暗中悄悄帮助她。她说，自己能够长寿，也全靠佛菩萨保佑。她告诉别人的秘诀："念佛一定要专心地念，嘴巴念耳朵要听得到。如果心里在想别的就不要念，专心念一句比不专心念十句要强。念佛时要想着阿弥陀佛的形象。"

一生中不管遇到什么境界，就是念佛，白天念，晚上躺下也在念。奶奶还说："念佛要念得清清楚楚，心里要听得明明白白。"

5. 欧奶奶第一次坐了飞机

女儿长大后，欧福秀也一直和女儿一家生活在一起。女儿和女婿都对她非常好，非常孝顺。家里吃好菜时，女婿一定第一个把好菜夹到欧奶奶碗里。

为此，她很欣慰。有了外孙女之后，就一直帮忙带外孙女。外孙女颜菲说，小的时候学生都是带午饭去学校吃的，奶奶经常给她和妹妹送饭去学校。那时候别人家的小孩子伙食都很简单，但她和妹妹的饭菜总是丰盛可口，让其他同学很是羡慕。而且每一次放学回家，奶奶早早就等在家门口。南方的冬天潮湿阴冷，尤其是女孩子要吃很多苦。因为心疼外孙女们，奶奶总是在她们一进门就打好一盆热水，让她们烫脚，保护好身体。

外孙女长大后，在上海工作，因为很想念她，要接她去上海时，女儿很不放心，觉得她一定会不习惯，会思念湖南家乡。可是福秀还是欢喜地去了，而且在上海住得很开心，跟着外孙女一起学佛。她每周和上海的佛友们共学共修，全程参加，一点疲意都没有。老人家每天都和年轻人一样坚持定课。每年观音菩萨的生日她都会给菩萨煮长寿面。

平时乘坐出租车时，老人会带一些零食分给司机，觉得人家开车很辛苦。

老人近百岁高龄的时候，在上海外孙女曾带她去放生，有两大盆鱼。一直念着佛号，鱼被放进水里，还舍不得离去，排着队转来转去，还排着队倒回来。福秀认为鱼在感谢她，感谢阿弥陀佛，觉得心里很快乐、很感动。

2016 年 11 月 27 日，上海古刹千年的龙华古寺有六百多位传授三坛大戒的法师们托钵行脚，奶奶和外孙女带着 600 多颗山核桃，一早没来得及吃早饭就赶去龙华古寺参加活动，给每位法师供养一颗山核桃。

2017 年 3 月，老人有因缘来到了福建的蓬壶敬老院，让福秀更有条件潜心向佛。小的时候，她一直想吃素，父亲担心她的身体没有同意。跟女儿一起生活时，女儿也不让她吃素。在蓬壶敬老院住下后，终于可以吃素了，奶奶非常欢喜，说外孙女接她也不回去了，在这里跟很多学佛的佛友在一起非常开心。

有一段时间奶奶独自在养老院，家人都不在身边，担心她会孤独，但福秀却很开心，跟院里的老人相处得非常好。老人随遇而安，虽然非常重视亲情，但又不黏着任何人，使得她真正地做到内心非常自在，不为外境所影响。到哪里她都是念佛，她说她非常有安全感。后来外孙女放不下，赴福建照顾陪伴奶奶。过了一段时间，又接奶奶回上海。

这次回上海百岁奶奶还第一次坐了飞机。孙女觉得奶奶年龄大了，在她小的时候她记得奶奶看到飞机从屋顶飞过，有的时候很难得，奶奶就会一直在外面看，直到飞机在视线中消失。奶奶跟她讲过，她小的时

欧福秀第一次坐飞机，右为外孙女（2017年）

候有一架外国人的飞机降落在他们那个村落，可能是因为没有油了。后来因为言语不通，村里有人去找人帮忙，帮他们把飞机的油装上，之后他们也就开走了，那个外国人后来还感谢村里呢，所以奶奶对飞机有一种情结。孙女一直记着这场景，就想着一定要带老人去体验一下，这次终于有了机会。百岁的奶奶第一次坐了飞机。为坐这次飞机，奶奶还按照航空公司要求做了各项体检，血压、胸透、心电图、心率等等，指标都完全正常。上飞机下飞机都有工作人员接机，奶奶很感恩，说现在社会真好。在飞机上奶奶也没有任何不舒服的感觉，她说很平稳，始终像小孩子一样脸上带着新鲜的甜甜的笑容。

6. 快一百岁的时候，还在做志愿者

不仅信佛，福秀奶奶还非常热衷参与社会慈善活动。仁爱心栈是北京市仁爱慈善基金会的一个慈善项目，每天清晨，各地的仁爱志愿者走上街头向路人、社区居民免费奉送爱心粥。福秀奶奶是上海闵行仁爱心栈最年长的志愿者，每次外孙女休息时就跟她一起去奉送爱心粥，从不间断，而且每次都从头坚持到最后，整个过程需要持续一个多小时。奶

欧福秀在参加仁爱心栈奉粥活动（2016 年）

奶也只是偶尔坐一小会儿，从开始到结束每一个环节都认认真真地参加。

志愿者们看到福秀奶奶都特别欢喜，总是说老外婆要来奉粥了，大家见者增福、见者长寿。福秀奶奶说她特别喜欢奉粥，因为那是在做好事儿，而且跟那些志愿者在一起很开心，这么好的一家人到哪里去找，她天天都想去。与年轻人相处，总是想着别人的优点好处，总是告诉年轻人为人处世要多付出、少索取。

2017 年 12 月，奶奶坐高铁来到了北京。虽然感冒没有好，奶奶坚持在第二天一早就去北京的心栈奉送爱心粥。在北京最寒冷的日子，当欧奶奶把爱心粥奉送给路人时，不仅极大地鼓舞了路人，也鼓舞了很多志愿者。

年近百岁高龄的人，除了身体好，记忆力也很好，没有平常老年人的痴呆和意识退失的现象，表达清晰，逻辑完整。

欧福秀在做仁爱手语操（2016 年）

平时每餐都定时定量，说每餐只能七分饱，绝不多吃。

老人还能唱歌，唱年轻时唱的：“上前来辞别了双亲年迈，大丈夫为国家理所应该，人人要去当兵并不奇怪，孔夫子他也曾打过仗来。一男子不当兵天良何在，已心中切莫要观望徘徊……”

福秀一生对物质都很淡泊。以前，村里有个小偷，来偷她的东西，她的态度竟然是偷就偷嘛，不计较。她说，东西如果丢了或是被偷了，就不用找回来，找回来又能怎么样。尽量让着别人，做了好事儿不需要别人知道，佛菩萨知道。

采访福秀奶奶的时候，志愿者给她包了一个小红包，红包是现买的，只买到双喜的字样的，没想到老人非常喜欢。她只喜欢红包的皮儿，可能是那大红的颜色和鲜亮的喜字让她想起了开心的事儿。她拿着红包皮儿仔细端详，把里面的钱拿出来还给志愿者，红包留了下来，她说要钱没有用的，她根本不会花。

现在奶奶住在上海的外孙女家，在家里还要坚持劳动，热饭热菜、洗碗、晾衣服收衣服，生活完全自理，百岁的奶奶还能踢毽子。奶奶跟孙女说，一定要让我干活，能干的我都要干。每个周末她还是跟孙女去奉粥，参加环保活动。她特别愿意参加各种慈善活动，她愿意给别人力量，给别人欢喜。

画了一辈子漫画的人

1. 孙中山就是从这里出来的

在广东省靠珠江口的地方，有个香山县，这里出了个推翻清朝皇帝的孙中山先生后，香山县就改名为中山县，1992 年改为中山市。方成的祖籍就在中山县的左步村，原名孙顺潮，父亲孙桥芳，母亲方云彩。左步村居民主要是三大姓族：欧姓居右，孙姓居中，阮姓居左。著名影星阮伶玉是阮家那边的，她家离方成家不远。欧姓出过一个抗日英雄叫欧初。

方成听父亲说过，孙家人来自粤北南雄珠玑巷。早年孙中山先生任总统返家乡祭祖，就是在左步村祭的，看当年照片合影中，方成父亲立在后排。因父亲当时在北平（即北京）平绥铁路局任文牍课教员，所以方成 1918 年出生于北平，那时中国人口只有四亿。父亲因身边子女多，工作生活难以兼顾，就在方成四岁时由母亲带着他和弟弟们回到左步村

左起：五弟、母亲、四弟、三叔、顺蛟、伯母、
祖母、大姐、叔母、方成。

和祖母生活。

中山近海，乡间外出打工的人很多。方成的祖父很早就带着伯父去美国旧金山打工。那时在那里修铁路和开金矿的华工很多。祖父伯父在乡间留下祖母和伯母，汇钱回来买了房子和80亩田出租供养他们。方成母亲带他们弟兄三人回来后，父亲也汇钱来。祖父伯父都是年老才回村养老，方成都没见过。伯父返乡时，他曾托人带给方成一支派克钢笔。那时方成刚上高中。

2. 两个算命先生都说，这个孩子是个败家子相

从四岁到九岁方成是在左步村里度过的。整天光脚到处跑，和村里的孩子们在一起玩。男孩儿女孩儿没受什么教育，在一起的时候，还会

脱下裤子相互观摩。方成最爱随大些的孩子到山边去捉蛐蛐、斗蛐蛐。有时候还会打下蜂窝，掏里面的幼虫吃。有一次被马蜂在脸上蜇了一下，痛得满地打滚。身旁一位大叔见了，立即要他自己撒泡尿在地上，然后用尿湿了的湿土敷伤口，很快就止痛了。

乡下没什么娱乐活动，孩子们最爱看串乡的木偶戏表演。一个人挑担子或背着道具来，找个空场，架起饺子形状的小戏台，人钻在里面，上部是敞开一面的小小舞台样子，木偶露出上身，人藏在里面做木偶活动。方成记得有一次是演一个人打老虎，打着打着，被老虎吞掉，后来被救出，从老虎口中钻出来。人一边表演一边唱。

方成想不起来到底是因为什么喜欢捡块砖石在墙上画，画房子，画篱笆。孙家人到美国和南洋各国去打工的很多，年老返家乡养老的有几户，比较富裕，可能方成是在他们家里见过墙上挂的山水画，就学着画起来。当时的小孩子也没有什么玩具，没事的时候，就独自画一会儿，画的次数多，看出有所进步，觉得很有意思，自得其乐。

村里有夜校，请一位老师教书，方成见别人家孩子在那里上学，也跟着去。他没有书，只是去听讲。这事儿他没告诉母亲，晚上他就从家里的栅栏门钻出钻入。后来被母亲发现了，但并未阻拦。方成的母亲识字，常读书，人很和气，方成从没见过她发怒，不怕她，可也还算听话。她人缘好，村里妇女常和她在一起。

方成还记得母亲让他带个瓶子到小铺去打酱油，回家路上，一位大叔开玩笑对他说："哎，这瓶底是漏的！"方成一听，忙倒过来去看瓶底，酱油洒了一地，逗得人哈哈大笑，叫他小傻瓜。

大约八岁时，有个看相的人到村里看相，看了方成就对他母亲说，这孩子是个败家子相。方成母亲不信，带他到集市上请另一个相士再看一回，他也说方成是败家子相。每逢过年小孩子们会在一起打牌九赌钱。方成老远就跑来向妈妈喊：“妈，给我点钱，我输去。”妈一听就乐了说：“看相的真灵，真是个败家的。”

3. 关于老北平的一些珍贵记忆

九岁时，方成被父亲带回北平上学。方成的二哥开始教他用北京话读书。方成的哥哥还教他学英文，很快就学会了26个字母，他就一个个字母朗读起来，读完了全本书，就以为学会英文了，很高兴地说，原来英文这么容易，这么快就全学会了。四年级时又有英文课，学完字母学单词，他才恍然大悟，原来英文不是光学字母的。

十岁时插班上小学四年级。那时方成家住在西四牌楼北第一条胡同，记得叫礼路胡同。学校是在第二条胡同，记得叫帅府胡同，学校叫铭贤小学，是英国人办的。离家很近，来回自己走。管学校的英国人是一位年纪很大的女士，叫密池小姐。课本是英国出版的，全英文，少年方成看见书上插图画得很好，就经常临摹，画着玩。

密池小姐教的英文、图画、手工，都是方成最爱上的课。她上图画课有时会讲个小故事，让大家画故事里的情节。有的同学画不出来，要方成帮他们画。下午放学，他们就在学校院里踢球玩，傍晚学校关门孩子们才回家。后来知道有个同学会讲孙猴儿、猪八戒的故事，几个人一下课就缠着他讲。

那时方成的父亲见孩子爱听故事，就买了一部线装的《西游记》要他看。方成翻开几页，看不大懂，也没兴趣，就偷偷扔到床底下不看了。后来知道同学讲的孙猴儿、猪八戒就是《西游记》的故事，才想起被他扔到床底下的书来，回家找出这部书，多翻几页，就看见有插图，再往后看，一看就懂。原来他开始看时，只翻开前几页，看的是《序》，文言写的，看不大懂，就扔下了，没再看下去。看到了原版的小说，才发现同学讲的那些故事全是他自己瞎编的。

那时方成很贪玩儿，玩的是用石片拍洋画儿（香烟里带有的画片，画的是旧小说中的人物），或是趴在地下弹球儿，弹的是小玻璃球儿。比输赢，赢的就是对方的球儿。方成的口袋里经常装满了洋画儿和大大小小的石头片。还斗蛐蛐，到市场听相声、评书，看皮影戏，看变戏法。晚上父亲在家，才不得不坐下来温习功课。父亲看当时的报纸，也命令方成看报。至今方成还记得一段报上的数来宝："说实事，道实事，先说傻子我自己。七岁时，入学校，不念书，瞎胡闹。到如今，不得了，拿着罐子把饭讨。把饭讨，不害臊，您给钱，我就要。扎吗啡，吃黑药（即鸦片烟丸），一针扎，一毛钱。瘾头大，不周全，由此坑蒙又拐骗。小学生，别学我，将来没有好结果……"

4. 当年的民间文化市场是这样的

小学总算毕业了，方成考上市立三中读初中，全家搬到西四牌楼路东大拐棒胡同 1 号。方成放学玩够了，回家就埋头看《西游记》，看上了瘾。看完这部书，父亲不再买新的给他，想是怕他看得迷了会误了功课。

离家不远有个"西安市场"，里面有各种曲艺和杂技表演，还有个买卖新旧书的小书铺。他就用这部《西游记》去换一部比较便宜的小说看。看完花不多钱再去换另一部看。其中有不少是按原价打七折、八折的武打小说，很便宜。

从上高小到上初中这三年多,他把这家书铺里几十部小说看了个遍。都是打仗的和有趣的旧小说，如《三国演义》《水浒》《七侠五义》《聊斋》《济公传》《儒林外史》之类。

他开始近视就是在那时候。小说里大都有插图，因为从小就爱画画，常把喜欢的插图照着描下来。画得兴起，就按小说的情节自己想象着画，画骑马打仗，投飞镖，祭法宝。上课时不听讲，偷着画老师，对课程都不怎么喜欢，但对几何这门课颇感兴趣，因为算的时候要画图。对地理课也喜欢，也是因为要画地图。

年终考试，代数得零分，几何得一百分，数学平均不及格。化学也不及格，幸亏其他几门课都在六十分以上，否则就得留级。留了级回家

要挨打，吓得他头脑清醒了很多。到了初二就没有不及格的课了。后来的漫画创作中，他的一些文学知识和历史知识就得益于这些小说。

上了初中的方成还是爱跑爱闹，见人骑车，也借来学。当时没有学捏闸刹车，骑上就飞驰，来回奔跑。一次正骑得高兴，对面来了个骑车的，把他吓得一下慌了，他不懂骑车规则，不知道往哪边躲，一瞬间，咔嚓一声，倒下就失去了知觉。醒来一看，他倒在一棵大树下，车梁都弯了。

西安市场离他家很近，又有很多吸引人的表演，在假期间他就常去看，还很爱听相声，演员外号叫“大头鱼”。听说在西单商场有更好的相声表演，艺人是出名的高德明、张傻子（张杰尧）、汤瞎子（汤金澄，近视）、绪得贵、大面包（朱阔泉，很胖，侯宝林的师傅），他就骑车去听。后来他终于以漫画为业，就和他这几年里的生活经历有很大关系。当时的这种“市场文化”对年轻人有很大的影响力。

初中有图画课，图画老师叫衡平先生，常收集方成的图画作业，拿去展览，说是“留成绩”。图画老师还特地赠送方成一盒水彩颜料以示鼓励，方成珍宝似的捧着回家，至今也忘不了这位老师。

上图画课时，校长有时候会给大家讲个童话故事，要学生们想着其中的情节，然后画下来。有的同学不大会画，就要方成帮着画。那时的报纸每天登载一套连环漫画，叫《毛三爷》，引起方成莫大的兴趣，可以说是方成漫画的启蒙老师。父亲吸的香烟盒里有洋画儿，画的有《三国演义》的人物，有《西游记》的人物和其他的人物。为了凑成整套人物，假期他总爱去白塔寺、护国寺庙会小摊上去收罗，也照着画，几乎天天画，把满意的作品贴在墙上，父母看了高兴，亲友看了也夸奖，他画得更起劲了。但上课时不敢再画，初中毕业考试成绩还不错。

那一年，发生了“九一八事变”，日本侵占了中国的东三省。全市同学们组织抗议宣传，并在市内募捐，支持抗日作战的马占山将军。

5. 游行中被军警用刀砍伤

方成初中毕业时，父亲失业了。原因很简单，因为铁路局有的领导换了，新领导带了他的亲友进来，一些旧职员就被迫让出位置给他们。父亲找不到新职业，只好携家人回广东乡下，单把读大学的大哥留下了。

叔父知道后，劝父亲把方成留下来继续升学，父亲不肯，因为方成会“败家”，学多了也没用。叔父是虔诚的佛教徒，不信看相的，坚持要方成留下读高中，并愿意提供一切费用，就这样方成留在北京继续读高中，因为家人都回乡了，于是转到一所带宿舍的中学，可以住校，校址和宿舍就在月坛内，叫弘达中学。

方成初中毕业前不久，父亲曾托他的同事，也是位画家，介绍方成到国画家徐操老师家，请他教方成画画。每周上午去一次。他交一幅他的人物画给方成，要他回家临摹。临摹了的画，下周送给他看，方成只去过几周，因父亲的失业，付学费困难，不能再去学了。

如今方成学一些人物画，用笔就是当时这位徐老师教的。1957 年，徐老师不幸遭“扩大”成右派分子，只能上班画连环画了。现在很少见他的国画作品。他是在北方最著名的传统人物画家，据说在这方面有“南张北徐”之称，“南张”指的是张大千。

父亲携家返中山，临行时嘱咐留在北京的方成说：今后你的前途，就靠你自己努力了。

1935 年，方成读到高中二年级，学校正放寒假，北平学生开始反对国民党当局以及日本人建立所谓“华北自治区”，同学们又集会成立

“北平学生联合会”作抗议宣传。“学联”从12月9日开始，发动抗议游行示威宣传。后来被称为“一二·九”爱国学生运动。

同学知道方成会画画，就分派他画宣传画。他就仿照当时上海出版的《漫画》杂志中的漫画作品，画了多幅送到“学联”。一九八〇年方成举办漫画展后，记者来采访，问他何时开始画漫画。回忆时才想起，在那些宣传画中，有的就是漫画，贴在学校大门外那张，方成一直都记得。

和其他的绘画形式相比，漫画，在某种程度上与社会现实有着更为紧密、深刻的联系。也因为如此，中国漫画的出现，比欧洲晚了整整两百年。清朝政府不允许发表漫画，直到20世纪初年，辛亥革命时期，漫画才从西方传过来。民国建立后，政府同样禁止漫画，除了用于反对侵略的宣传外，鲜有它的身影。

时隔多年，很多内容方成都忘记了，只记得曾贴在学校大门外的一幅，画的是一把29军（宋哲元的军队）使用的大刀，刀上鲜血淋淋，标

题是“中国人的刀，哪国人的血？！”

这是方成平生第一次创作的漫画。

12月16日，学联组织第二次游行，方成也参加了。因为国民党中央军那时已南撤，中国北方由29军“治安”，称“保安队”。

“保安队”用高压水龙喷射游行的学生们，也用大刀镇压。游行队伍走到宣武门外东西向的石驸马大街时，许多学生遭受刀伤。保安队冲进学生中，挥刀乱砍。学生们四散躲避，方成跑得慢一点，被追上，腰脊挨了一刀，流了很多血，透出毛衣和棉袄，他怕感染，匆忙跑到警尔胡同3号父亲的同事家包扎伤口，至今伤痕仍在。

石驸马大街现已改名。

6. 很少有人知道的抗战时期的武汉大学往事

方成虽然爱画画，但是受信佛的叔父影响，一直想学医。1936年高中毕业考燕京大学，想考医预系，没考上，通知是两门课不及格，其中一门是智力测验。只好考化学系，考上了武汉大学，也是准备读制药的。

方成回忆说，当时武大和河北工学院全都考上了，全都靠碰巧。考武大时，因吃中午饭被婶母强留，下午迟到了，不准进入考场。恰好武大请来的监考老师是方成的中学老师，私下放他入场，否则就不能参加考试。他平时只读课本，课外书很少看。有一次偶然看一本科学杂志，有一道物理的数学题很有趣，是用一把卖菜的小秤来测一根很长很粗的铁轨的重量，方成看了才知道算法。河北工学院的招生试题中恰好有这道题。他不但做出来，还画上了插图。不仅被录取，还是以第一名的成绩被录取的。

1937 年方成正在家乡左步村休假，“七七事变”爆发，日军南下，很快逼近武汉，学校势必远迁。国民党在乡间到处“拉壮丁”补充队伍，方成的父亲非常恐慌，要方成到香港投奔舅父家，申请停学 3 年，获批准。

1939 年方成从香港经越南海防到广西省柳州市，方成的二哥在那里，为他安排乘便车顺公路经贵阳到重庆，经友人协助，乘江上渡轮西行到乐山县，返校复学，读二年级。

武汉大学已经迁到这里。

当时武大条件很艰苦，但课外活动如歌咏、话剧、出壁报等很活跃，方成都积极参加，和任话剧导演的同学季耿相识。他善画，会木刻版画，年长几岁，有生活经验，方成很信任他，两人成为挚友。那时文法学院同学们常出壁报评议时势。

“一二·九运动”中方成无意中创作了人生第一幅讽刺时政的漫画，游行中又被军警砍伤，这个经历激发了方成的斗志，当他拿起画笔的那一刻，觉得自己已经化身为一名战士，要用漫画为理想而战斗。漫画，从此成为他生命的重要内容，甚至主宰了他的命运。

季耿倡议几个人合出文艺壁报，名《黑白》，每周出版一期。他们看过方成的画，知道他在“一二·九运动”中负责画宣传画，其中画过漫画，就让方成负责漫画专栏，要他主持集约壁报上的漫画稿，但全校没有人能画，方成只得每期自己画一幅。漫画他画得少，没有经验，下课后到处找题材，想表现方法。于是就将同学们在学习和生活中遇到的有趣的事情画出来。

战争年代，大家都失去经济来源，生活很清苦，靠国家分配的“贷金”支付饭费；全校办公和师生生活用费都非常有限，所有种种用具都是在当地借来用的。当地环境潮湿，蚊虫老鼠多，老鼠常常跑来把鞋和衣扣咬坏，咬开棉被吃里面残留的棉籽，食物更需要挂起来，不然就会被老鼠偷吃掉，因此老鼠就成了漫画题材，也较容易画成有趣的漫画。

方成记得刚到学校，睡的是两层的木床，借来的木床上藏的臭虫也多，头一个晚上被臭虫咬得无法入睡，只得爬起来先抓臭虫，抓到掐死，放在折成的纸袋里，一看真多，到天亮一数，有足足六十只。想起这件事，画成《一觉醒来》，有漫画艺术特色。

在日常生活中，他时时注意，随处都用心发现有趣的情节，画成漫画。他常看上海出版、黄嘉音办的《西风》杂志上转载的漫画，主要是从美国《笨拙》杂志和美国《纽约客》杂志转来的连环漫画。看得多了，从中学到一些表现技法，渐渐也开始画讽刺性作品以及根据故事创作出连环漫画。

一开始画得像速写，渐渐熟练了，就像漫画了。因为壁报上每期必须创作一幅漫画，壁报出了两年多，画得多，方成的漫画也渐渐就更加成熟了。

漫画可以说是一种语言形式，想说什么就画出来，但表达是讲究谐趣和幽默的，这是漫画艺术方法的特性。因为漫画创作涉及的社会知识非常广，不易理出普遍作画的规律，至今未发现漫画教育的规律和程序，无法编成教材，只能从名家作品学习借鉴。

方成就是看了报刊上发表的漫画学来一些表现方法，并不断在创作实践中改进。

7. 第一次恋爱就这样失败了

1942 年秋，方成从武大化学系毕业。

毕业后进了黄海化学工业研究社工作，一家当时很著名的化工研究所，这是当时著名民族企业家范旭东创办的工业集团中的研究机构，与其他两个机构，制碱制酸的永利公司和久大精盐公司三者合称“永久黄”，是从天津迁到四川来的。方成在那里从事无机化学分析，还曾一度做有机化工分析，方成写的研究论文发表在当时的专业刊物上，至今还被保存着。

1945 年，方成被调到在同一企业中的永利川厂碱厂任技术员。“永利”设在郊区，公司人多，业余活动有京剧团、话剧团、歌咏队、球赛，等等。方成参加歌咏队和话剧团的活动，结识了来这里休假的川大外文系毕业的郭小姐，常常会面。

她是带有西方风度的女孩儿，是话剧活动的积极参加者，会画画，会粤语，很聪明，对方成很友好。有一天晚上，郭小姐说家里没旁人，约方成去互相画像。她画得很像，方成因为心不在焉，总也画不成，但这一次的约会引起方成的遐想。因此有一天特地约她到后山明确表态，郭小姐却借口两人同龄，不太适合而拒绝了他。方成是初恋，自尊心被大大挫伤，后来虽然她还特意约方成一同去乐山旅游，却一路无话。为此，方成苦恼难眠，魂不守舍，严重影响了工作和生活，决定远离这个伤心地。

这时抗战形势已经逆转，日军已经开始败退，在四川能看到上海报纸。他从上海出版的英文报刊中发现大量西方政治讽刺画，过去从未注意，也从未画过，很新奇，于是都剪下来保存。后来在上海画单幅，就是仿照这些作品画的。

他决心离川改行，业余时间加紧复制自己的作品，也靠记忆为同事们画像。他的画曾在乐山展览，之后在自流井（后与贡井合为自贡市）展出，自己跑到重庆展出过一回，用门票收入支付路费。

1946年，为疗愈失恋创伤，方成决意离开难舍的黄海化学工业研究社，目的地是上海。辞职赴上海时，黄海的孙社长很为他担心，因为去上海的人很多，求职不易。他嘱咐说，如果上海混不下去，可以回来。

8. 那个年代关于上海滩的媒体记忆

秋冬之际，方成先搭乘“永利”赴南京的拖船，然后到上海。抵达上海后，方成先是住在“永久黄”办事处，晚上搭行军床睡，这里不能久住，就联系了一位叫王世封的同学。在王世封的集体宿舍借住了几天，同屋的人提意见，只好搬出去。

方成喜欢看黄嘉音办的《西风》杂志上转载西方的连环漫画，就去拜访黄先生。黄先生看了方成画的漫画后，将这些画拿去在《前线日报》他主编的副刊上连续发表，使方成得到了一些稿费，难得的是让方成的作品在上海亮相。方成原来署名“利巴尔”，在学校发表作品时一直用这个名字。黄先生说这署名像外国人，建议改名。他改名“方成”，因为母亲姓方，成字是随便起的，两个字儿笔画都比较少，没想到以后这个名字用得比本来的名字要多得多，成了后来大家熟悉的漫画家的名字。

有一天方成看见报上有广告公司征聘绘图员的信息，便起早去应聘，招聘接待人是绘图室主任美籍犹太人皮特先生。方成从没有画过广告，只能画几个漫画小人儿给他看。皮特看过，马上就同意留下方成了。他趁机要求在公司里住，皮特一时找不到地方，就让方成住在办公室边堆放纸的小屋里，方成就以纸当床住下了。这里给了他很好的创作环境，白天在楼下上班，晚上在皮特的办公桌上作画。

当时的社会问题层出不穷，都成为漫画的创作素材，针砭时弊。诸如国民党发行的“法币”不断贬值，米价连连高涨，人民贫苦，国民党军到处拉壮丁等等，方成根据这些素材创作了《拾米》《征粮》《赶地摊》等。这些漫画虽然对当局不利，也让当局不高兴，但当时国民党上海当局对方成的画保持了一定的容忍。

一天晚上，方成根据当时目睹的社会现象画了一幅漫画《得来全不费工夫》，讽刺美国大兵在上海街头横冲直撞、胡作非为的恶劣行径，画完后方成正在那里仔细端详，碰巧皮特进屋，看见了漫画上的英文“美国兵滚出去！”，非常愤怒，他冲上去要抢漫画，方成怕他把漫画撕了，顺手把桌子上的啤酒瓶抄起

方成在上海（1947 年）

来，高高地举起。那架势就是你要敢来抢，他就敢一瓶子砸过去。皮特很吃惊，没有再抢，保持了克制。后来这幅漫画在上海《评论报》上发表了，引起了很好的社会反响。但是也在意料之中的是，方成被皮特开除了，他不得不又搬一次家。

没多久，方成的广东同乡、老漫画家余所亚先生邀请他住在他和老版画家李桦先生家里，这样，方成就能长期而稳定地在上海落户了，创作更加方便。

方成投稿到著名的《大公报》和《观察》周刊，均被收录刊载发表，其他报刊也都收录了。《观察》主编储安平先生还聘方成主持漫画专版。《观察》是当时最受读者欢迎的杂志。因为所载内容都是人们所关心的，其中有不少是难得的内幕新闻和名家的政论与文章。在方成保存的《观察》第二卷第二期的周刊封面上印着七十多位撰稿人的名字，其中有季羡林、马寅初、曹禺、冯友兰、傅斯年、费孝通、杨绛、钱钟书、萧乾、胡适，等等。

在这期间，方成的漫画创作得到不断改进和提高。平时还把漫画投稿到香港《大公报》，以此为生，每天画一幅幽默漫画《康伯》，得每日 8 元稿费，足够生活。方成的作品主要是借夸张法表现物价波动、民众受难之类的社会问题，技法运用浅近易行，很受读者喜爱。

在上海方成结识了一批和他一样喜欢漫画的朋友，又参加了全国漫画家协会。方成在上海期间受到好友丁聪的影响很大，开始更多地关注时政。抗战后期，方成等人的作品都在揭露当时社会中种种不安和腐败现象，讽刺尖锐，对国民党很不利。

1947 年底，国民党军在解放战争中面临崩溃，为安定其后方，对政敌开始大肆追捕。上海局势很敏感，很多画家们渐渐离开上海。漫画家们纷纷逃避到英国统治下的香港。方成也是其中之一，他也来到香港避险。在香港，方成参加了流亡画家组成的“人间画会”。在这里，丁聪、米谷、关山月、黄永玉、郁风、张乐平等一群才华横溢的年轻人聚集一起。共产党报纸有《华商报》和《星期报》，画会组织漫画向那里投稿。

香港原来没有或极少见政治讽刺画，他们这些人一来，都创作针对国民党的讽刺画。方成画得很努力，稿酬足够交房租和零用，还买了一块司马牌手表，在此之前，方成从没有戴过手表。

大约 1948 年末或 1949 年初，黄永玉打电话约方成到九龙荔枝角的九华径村和他在一起住，那边的房租比香港便宜很多。方成就搬了过去。在九华径方成过了一段世外桃源的生活，和黄永玉、楼适夷和巴波几家人生活在一起，远离喧嚣的城市。白天各忙各的，读书、学习都很专心，志同道合，有着共同的理想和希望。晚上几家人凑在一起就热闹了。其中最活跃的是黄永玉，他最年轻，爱说爱笑，还有编笑话的天才。这里不时吸引着“人间画会”的其他作家来做客。

9. 当年中国最火爆的漫画是这样画出来的

1949 年，新中国成立，方成回到了北平。没过几天，经作家端木蕻良介绍，进了《北京日报》的前身《新民报》担任美术编辑，延续自己的“民间故事”和批判漫画。

他是 1949 年 9 月 30 日那天上班，仅以一天之差成为新中国成立前的干部，后来享受了离休待遇。更体面的是 10 月 1 日北京天安门国庆大典那天，方成、端木和香港回来的大批民主人士都被邀请到金水桥旁的观礼台上，作为嘉宾参加国庆庆典。12 年后重回北京，从此要过上新的生活，可想而知他当时的激动心情。

方成在北京（1949 年）

《新民报》是一家很有名气的民间报纸，方成入职后，担任美术编辑，整天很繁忙，要画漫画、画插图、画刊头、写美术字，每周还要出一期副刊，虽然忙碌但心情愉快。他还创作了两组新的连环漫画，一组是《王小二》，一组是《王小青》，都是歌颂新中国成立初期的新气象和新生活的。

1951 年的一天，经上海《西风》杂志主编黄嘉音介绍，方成去人民日报社拜见老漫画家华君武。华君武是延安成长起来的漫画家，他对方成早有耳闻，他多次在报刊上看到方成的作品，很喜欢这位比自己小三岁的同行。那时华君武在人民日报社任美术组组长，不久方成就被调到人民日报美术组工作。时逢抗美援朝战争，他把编辑和创作这方面的漫画当作当务之急，和钟灵的合作也始于那个时候。钟灵也是延安来的老文艺战士，早年也画过漫画，新中国成立后在政务院任接待科长。方成和钟灵在俄文补习夜校相识，由于两人都喜欢漫画，后来在一起创作，以方灵的笔名在《人民日报》等报刊发表大量抗美援朝的漫画作品。当年著名的《两个大耳光》漫画作品，是两人合作的代表作。几年间，两人合作了几百幅作品，后来结集出版了三本书，在国内漫画界引起了不小的反响。

每念及此，方成总要深深感谢钟灵。钟灵是齐白石的“关门”弟子，当时的大画家许麟庐是齐白石的入室弟子，在国内外很有名气。由于是师弟的关系，钟灵常带方成去许麟庐家做客。时间久了，许麟庐就教方成用毛笔作画。每到许家，许麟庐夫妇热情款待，还亲自做示范，每次都把示范之画赠给方成。从那之后，方成和钟灵就不用钢笔作画了，而是用毛笔画在宣纸上。毛笔的线条变化多，有美感，画出来效果好，且宣纸有透明度，可直接把宣纸铺在草稿上一次就能完稿，底稿容易保存，不怕折，不怕揉，裱一下就很好了。方成大量漫画能完好地保存至今，也和他使用宣纸作画有关。钟灵是方成一生在生活上和工作上的挚友。

10. 毛主席让大家看看她画的漫画

方成在办美术副刊时，为组织画稿，须向画家约稿。当时画漫画的人很少，方成认为几位有名的画家不太容易请，他太年轻，不敢和他们联系，就约一些年轻的画家，也包括当时中央美院研究生陈今言。

陈今言父母是辽阳大地主，是早年的一位“阔小姐”。她弟弟妹妹是共产党地下党员，今言和他们一起从事地下革命活动，曾去过西柏坡革命根据地，因此和后来曾任北京市委副书记的刘仁熟悉，她的家（今东四连丰西巷五号）因此成了中共城工部在北京的一个地下联络据点。

陈今言毕业于辅仁大学美术系，曾师从著名书法家启功先生。方成请她给一些文章配插图。她很聪明，在辅仁大学学的是油画，没接触漫画，但很快就领会漫画的一些艺术技法，兴趣很高。方成常常请她到宿舍去，作画之余，也谈一些生活和家庭的事情。几个月后，两人确立了恋爱关系。

陈今言在事业上和方成也很有共鸣，是新中国培养的第一个女漫画家，从中央美院进修班毕业后先任教于贝满女中（后改女十二中），1951年调入《北京日报》任美术组组长，为报纸版面设计刊头，写美术字，画插图，创作连环画……需要什么她画什么。午餐后她不休息，常继续工作。她画的一幅批评在建筑中乱用大屋顶的漫画发表在《北京日报》上，引起毛泽东主席的注意，在一次讲话中提及，要领导同志们去看看。她发表在《人民日报》上的漫画《无情的天河》以及发表在《北京日报》上的一些讽刺画和幽默画，也引起了读者们的兴趣。

方成和陈今言结婚时，人民日报社分给他们一间十多平方米的平房。婚礼是由钟灵操办的。钟灵爱开玩笑，他说和方成以方灵的笔名在《人民日报》上发表了好多漫画，有的读者还以为钟灵是方成的夫人呢！今天可以为此正名了。婚礼那天吃的是西餐，每人五角钱，大家随礼也是每人五角钱，等于婚礼方成没花钱。婚房的家具、被褥等都是从今言家拿的，方成一分钱没花白得了媳妇。

方成与陈今言

婚后两人陆续生了三个男孩儿，家务日益繁重，但依然忙于各自的工作，后来，请来一位保姆赵阿姨，大家相处得很融洽。

11. 那个年代经历的匪夷所思的事情

在20世纪50年代的反右派斗争中，很多知识分子被打倒，关入牛棚，沈同衡、丁聪、廖冰兄等漫画家都被戴上右派帽子，下放劳动二十多年，环境恶劣，非常艰苦，多遭妻离子散之难，非正常死亡的不少。1957年，方成发表了第一篇杂文《过堂》，险些被划为右派。华君武知道了后说，这是内部问题，要不是华君武把方成保下来，他就划成右派了。

方成虽没被打成右派，但也受到了攻击。报社规定，编辑部派人轮流下放从事农业劳动一年，方成在美术组是唯一四年毕业的大学生，已定为“资产阶级知识分子”，是思想改造的头号对象，自然先派他去。

1958年，他们八人一组，被派到广东省阳江县农村。那时候方成四十岁，身强体壮，和村里人一起干农活，从事高强度体力劳动。吃饭在社长家里。早晨喝粥，有红薯。午饭、晚饭都是米饭，每天分配白米一斤，老是吃不饱。平时吃饭时饭里总有几个苍蝇煮在一起，方成用筷子的上半截把苍蝇挑出来扔掉，继续吃。后来习惯了，就和夹菜一样，把苍蝇夹出来扔掉，接着扒饭吃。晚饭时天黑，看不清楚，挑出几个算几个，剩下的也就和社长家人一样扒着吃了。后来实行公社食堂，农家各户把米和菜放在几个碗钵里，都交给食堂蒸，蒸熟后一排排放好等各户来取。过一会儿再看，钵里一片黑，人来取时，黑压压的苍蝇飞走了，才出现白色的饭。

这时报上不断登出农业高产数字，各处以此争“放卫星”。从《人民日报》上见到一个女孩儿坐在地里成熟的一片麦尖上的照片。县里号召种亩产二十万斤的水稻田，种植方法也印在报纸上。

方成和村干部看了，认为田里为使禾苗通风透光需要很多日光灯和电风扇，村里拿不出这么多钱，也没有足够的劳力。他们商量改用亩产十万斤的“配方”，只种几分试试。禾苗长出时又壮又高，是苍绿色的，没多久因为密植不透风，他们将长禾一把把用细绳捆起，过后仍不见起色，又没钱买电扇，只好眼看着都枯死了。

方成没有机会参加当时的大炼钢铁，下放结束后，他回北京路过中山乡下，去住了一两天。他的村对面不远是一片山林，他小时候去拾过柴。那里的整片松林不见了，光秃秃的，都是在“大炼钢铁”时砍伐掉当燃料烧光了。许多家天井上的铁栅栏不见了，是当一种原料投入炼铁炉烧成铁渣了。回到北京，见大街上有的路砖也被挖去，听说是充当炼铁炉里的耐火砖。有一次听说广西某县发明用山洞当炼铁炉炼出钢铁来，对这种做法他不信，因为读过炼钢铁工业的书，知道那是不可能的。还有朋友听到消息告诉他说，这样发展上两三年就达到共产主义了。方成回到报社时，发现报上发表很多歌颂“大跃进”的漫画，画出的猪如象大，花生壳可以当小船。许多漫画家都投入到歌颂“大跃进”运动的创作中，那时他不在北京，没赶上去画。

在反右运动中，陈今言领导的美术组，除她和另一位同事外，其余人均被划为右派分子。一天，她把被批为“毒草”的李滨声几幅漫画带回家。方成看了说，不能说全都是“毒草”。第二天，她下班回家时，眉头紧皱，哭了起来，说批判会上也批了她，说她袒护“右派分子”，也要把她划为右派。原来她同意方成对那几幅画的看法，当作她的意见说了出来。

幸运的是，可能因为美术组里划右派的人已经远远超过了名额，她被放过了。

12. 人生总是要有困境的，看你是不是能坚强到最后

在《人民日报》工作期间，方成有充分的时间研究创作问题，同时也写杂文，因为杂文和漫画都属评议性文艺手段，也都重幽默。从1959年开始，方成改坐前夜班。晚上9点钟，到国际部夜班编辑室参加编前会，决定漫画题材后，立即回自己的办公室动笔创作，12点钟交稿，审定后，即送去制版，次日与新闻同时见报。每天只用3个小时画一幅漫画，紧张程度非同一般。

1966年，无产阶级“文化大革命”开始了，这场政治运动造成社会各阶层极大的混乱，社内各部门群众开会批斗本部门领导，以“资产阶级反动权威”罪名，划为“牛鬼蛇神”押进“牛棚”进行批斗，监督劳动。

方成一家在反右派时躲过一劫。但他不知道，厄运并没有远离。“文革”开始，方成时年48岁。方成所在的《人民日报》各部门的领导一个个被“造反派”“揪”了出来，谴责他们是执行新中国成立以来党中央一部分领导人的“文艺黑线”，是国内“资本主义复辟”，加以批斗。由于组里的领导和同事都是资历较浅的年轻人，而方成在社内的级别、地位、工资、社会影响等都比较高，但不是党员，所以理所当然地就处于异己地位。在党员小组长带领下，从1957年报上找出方成发表的一篇讽刺教条主义的杂文《过堂》来，指为反党，便以“漏网右派”“反动文人”“资产阶级学术权威”罪名，也把方成划为“牛鬼蛇神”赶出小组，押进“牛棚”。

很多没有经历过“文化大革命”的年轻人都以为“牛棚”是乡下养牛的棚子，其实不是。当时《人民日报》发表了一篇社论，标题是《横扫一切牛鬼蛇神》，很多人被划定为牛鬼蛇神，关押他们的地方就被称

为“牛棚”了。他们被押去监督劳动，然后再一起被关进监狱似的地方。当时各编辑部和工厂、行政部门的人，纷纷起来当“造反派”，成立各种名目的“战斗队”，臂上戴着印有队名的红袖箍，管理、监督劳动。方成他们住的“牛棚”设在房山县农村，在空地上挖出个大窝棚，里面高处铺上麦秸当床，几十人挤着睡。

妻子陈今言在《北京日报》是个副组长，也被“揪出”押进“牛棚”。夫妻俩都在“牛棚”关押期间，家里的保姆被红卫兵赶走，三个孩子没有大人管，老大刚上初一，就被当成“黑崽子”遭到批斗。老二才念小学一年级。最小的孩子叫晓纲，才四五岁，在报社幼儿园。

1968年底，初中都还没毕业的老大，被下放到内蒙古“接受贫下中农再教育”去了，就只剩下了老二和老三独立生活。四五岁的老三由七八岁的老二照料着，老二自己生活自理都还困难，连脸都还不会洗，他怎么会照料弟弟，让方成和陈今言非常揪心。在“牛棚”里每天牵肠挂肚。多亏幼儿园食堂里有位心地善良的张师傅，怜悯这两个无父母照料的孩子，平时管着两个孩子的饭，这两个孩子才没有饿死。这样维持了一年左右。

那时候白天干活，晚上写“悔过书”，被说什么就承认什么，不许还口，不准解释。

就这样，方成在“牛棚”里度过了五十岁生日。

1970年，“文革”越来越激烈，上面人下指示，把“牛鬼蛇神”都赶出北京，户口也带去。宣布的会上，方成举手申请离开北京，因为这些经历，内心里对报社、对北京已感觉无可留恋。他们一家人被“驱逐出京”，下放到《人民日报》社设在河南叶县刘店的干校。“边劳动边接受思想改造”，方成被安排在干校食堂里劳动。陈今言被分派去干农活。

两年后，发生了“林彪叛逃事件”，中国政治发生了很大的变化，一家人才从河南搬回北京。“文革”后方成和妻子陈今言也得到平反，恢复工作。方成仍回《人民日报》，陈今言不愿意再回原单位《北京日报》，而是主动要求到北京工艺美术研究所工作。

原以为苦尽甘来，没想到这样的日子只过了5年，方成便陷入了人生最大的困境。经过“文革”10年的残酷批斗，陈今言的精神、体质遭受严重损害，面色变得焦黄，一回到家就一言不发，只找活干，以此忘却内心烦恼。她睡眠一直不安稳，稍有响动就会猛然惊起。她曾说，梦里一听到响声，以为又有人来抄家了。有时想到关“牛棚”的那段时间，没到上学年龄的孩子就不得不自己照料自己的生活时，就不禁潸然泪下。想起那些诬陷的大字报和十年来受到的折磨，更是气闷难忍。1977年6月17日，陈今言因心肌梗塞，送往同仁医院抢救无效，离开人世，年仅53岁。

方成和陈今言在一起共同生活了25年，相亲相爱，连一句嘴都没吵过。妻子去世后，方成每日借酒消愁，痛苦不已。幸而有家人和朋友的陪伴，才走出伤痛，重拾画笔。

13. 被禁止过的漫画，观看的人格外的多

1978年，十一届三中全会召开，中国政治发生了根本变化。方成获平反，恢复原职。他立即申请离开美术组，转到国际部上班，获批准。方成写的那篇当年被党员小组长诬为“反动”的杂文《过堂》，被收入《中华杂文百年精华》《中国当代杂文经典》《中国当代文学作品精选》等多部文集中。

根据自己在美术组遭迫害并被赶出长达十年的经历，方成创作了当时很有影响的漫画《武大郎开店》。武大郎这个人物在《水浒传》中以矮丑出名，他要开餐厅当老板了，招工面试。遇到魁梧帅气的应聘者，一律摆手回绝。餐厅门上对联写道：“店虽不大，唯我独尊；人虽不高，有权则灵。”横批“王伦遗风”。1980年，《武大郎开店》这幅漫画先后在《工人日报》《人民日报》发表后，引起读者强烈反响。之后，它和罗中立的油画《父亲》一起，入选为人民日报社新闻作品优秀奖。然而，很少有人知道，画中那位高大应聘者的原型就是作者方成本人。彼时的他，曾被武大郎式的店老板迫害得颠沛流离、家破人亡。

1980年8月，方成漫画展在中国美术馆开幕。这是当年全国首次举办的个人漫画展览。当时正是“文化大革命”刚结束不久，方成的漫画展里又有很多过去禁止过的漫画，容易引人注意。因此参观的人络绎不绝。此次还展出了方成在“文革”后画的大量讽刺官僚、批评社会不良现象的漫画。他认为，漫画如果失去讽刺的功能，漫画的作用就没有了。

画展一结束，作品就被山东美协借去，在济南市展出。之后，各省美协纷纷来借，画展在天津、广州、南宁、上海、南京、贵阳、昆明等十几个城市巡回展览。1986 年还在香港展了一回。

我国的水墨画已经有两千多年的历史了，并留下了不少传世之作，但缺少幽默的水墨画，也就是说缺少水墨漫画。不记得是哪一年，北京一家茶叶公司向方成约画，要画陆羽煎茶，还要画得大一些，以便在墙上悬挂。方成说他是画漫画的，没有画过传统人物。不知对方是随意说的，还是激将法，“噢，漫画不能上墙啊！”方成一下来了犟劲儿：“我画！”于是方成首次运用中国传统水墨画形式作漫画。他画的《陆羽煮茶图》，茶叶公司很满意。

后来方成又下决心把《水浒传》中的几个人物画好，一个鲁智深就画了 100 多张，直到自己满意为止。画李逵也画了 100 多张，还有钟馗、济公、铁拐李、布袋和尚等传统人物。方成很看重水墨漫画的创作，他曾说过，晚年主要做两件事，一是研究幽默，二是水墨漫画创作。早些年方成的漫画多在报纸上发表，从未有人向他要过一张画。自从他创作水墨漫画后，向他讨画的人络绎不绝，其中有不少名人。他们把方成的水墨漫画悬挂在厅堂上，和其他国画相比，不仅毫不逊色，还增添了几分情趣，这让方成感到欣慰，促使他画了大量的水墨漫画。2004 年方成还在深圳专门办了一次水墨漫画展，在当地乃至全国美术界都引起了不小的反响。

有一次人民日报社社长邵华泽看到方成画的鲁智深，非常喜欢，方成就送给他一幅。邵华泽说，传统国画上都有所题，这样才完整。方成觉得很有道理，冥思苦想终于仿词牌《长相思》的格式创作了一首打油诗，从此一发不可收，形成了自己独特的水墨打油风格。

方成的三儿子、著名漫画家孙晓纲承方成之衣钵，历时 20 多年，完成 50 多本图书创作，创作出我国第一部长篇武侠故事漫画。方成常以此为荣，晓纲的《郎雀》和方成的《武大郎开店》都被国家博物馆收藏。

14. 和侯宝林在一起的日子

方成先生上初中时就爱听相声，但当时侯宝林还未出师。新中国成立后，相声面临整旧创新的问题。一次方成想到一个有趣的“点子”，

方成与挚友侯宝林

写信告诉侯宝林，供他的新相声参考，从此相识，并成为一生的挚友。方成认为，在现代世界上接触的幽默表演艺术家之中，在卓别林之后，首屈一指的就是侯宝林了。在“文革”时，侯宝林也遭到了批斗，让侯宝林认罪时，侯宝林说：“我罪恶深重，一直想发动第三次世界大战！”还有一次在体育场批斗田汉、阳翰笙等人时，侯宝林也被一同揪过去。他心里想，能和这些高级官员一起挨斗，太难得了。可后来，斗完那几位后，他正等着喊他的名字，批斗会结束了，没斗他。侯宝林说：“嘿，我白等啦！”

有一次方成问他漫画和相声的关系如何，侯宝林略一思索，说：“漫画是无声的相声，是平面的相声；相声是有声的漫画，是立体的漫画。”

1979 年的某日闲谈时，侯宝林感叹现在演员不懂什么是幽默，不会抖包袱，同时反问方成“幽默到底是什么”。结果，这一问，也把方成问住了，从此他下决心研究这个问题。

15. 关于幽默有很多自己的想法

方成搜寻了古今中外学者有关幽默的论著和解释，都没有回答幽默的性质到底是什么。他又查阅了辞海，对幽默的解释是：“美学名词。通过影射、讽喻、双关等修辞方法，在善意的微笑中，揭露生活中乖讹和不通情理之处。”面对《辞海》这样的解释，方成总觉得不尽如人意。他画漫画几十年了，大多数漫画画面上没有一个字，无辞可修，可漫画又是幽默的，这解释不通。

他不知道买了多少书，世界上著名人物包括学者、作家、艺术家、科学家、政治家、外交家等的幽默故事，都成了他研究的内容。他结合自己的创作实践，对漫画、相声、杂文、喜剧、小品、动画片中的幽默进行比较和对照，从中找出一些规律性的东西。方成出版的第一本研究幽默的书是在1984年，当时他写了一篇五万多字的研究幽默的文章投给《文艺研究》，受篇幅所限，只采用7000字。

到2007年，方成用了八年时间又写了七本关于幽默的专著。

2008年，方成已经是90岁的老人，就在这一年他又有三部研究幽默的专著先后问世。

方成在长期研究幽默理论的过程中，深信这样一个道理：幽默源于人们对生活的热爱，而真正的幽默又存在于民间。基于这样的认识，方成把向大学师生和广大文学艺术爱好者普及幽默理论当作自己晚年最重要的生活内容。他在家做认真的准备，整理教案，先后在十余所大学讲授幽默课。什么是幽默？方成讲幽默就是拐着弯说话，特点就是逗笑，用22个字概括："幽默是一种经过艺术加工的语言形式，是艺术的语言"，"幽默还有一个特点，就是幽默都出自人的智慧，可见幽默逗笑都不是偶然无意造成的"，"有的话不能直接说，又憋不住，于是就想办法找个空子，转弯抹角地说出来"，"人有不便说出的话，总会用逗笑的话来搪塞"，"幽默的根子是出自人的天性中的'爱玩儿'"。话语虽通俗浅显，却耐人寻味。

接下来的三年，方成又是每年出版一部研究幽默的书，其中，2009年出版的《幽默艺术》是中英文对照版，这为国外学者研究中国幽默提供了方便，同时也把中国人特有的幽默传到了国外。

2014年，96岁的方成又一部写幽默的著作《方成谈笑录》出版发行。

方成进行创作时，并不是挖空心思去制造幽默，而常常是有感而发，这个"感"就是"幽默感"。方成是一个充满生活情趣的人，在他待人处事的过程中，总能迸发出一些幽默的火花。譬如，之前看他的画时，经常看到一枚“多功能厅”印戳，纳闷方老为什么总是在那个饭店的多功能厅作画，原来他把一间既做客厅又做书房、画室、饭厅的斗室命名为“多功能厅”；解释为什么偏爱骑自行车时，他说是因为“上车就有座”；当别人称赞他是国宝时，他回应“我与大熊猫同级”；有人赞他著作等身时，他说“我可没有那么矮”。他有一幅照片，是他 86 岁那年推着自行车照的，照片下面还写着一行字：“方成，您瞧，我有辆‘专车’了”。

16. 晚年时成了中国十大文化寿星

方成爱收藏，主要收藏名人字画，有的是从北京琉璃厂古董店里买来的，也有的是求来的墨宝。藏品丰富，可家里房子太小，不便于保存，方成萌生了将藏品捐赠给家乡的念头，想把他的藏品在家乡搞展览，让乡亲们能看到这些来之不易的名家书画。

也有人问方成，为啥不把画留给孩子，方成说：“一般人将名家书画留给后人，是当作财产的居多。我一向鼓励子孙自食其力，也深信他们有出息，不靠祖产吃饭。何况友人惠赠的书画，都蕴含难忘的友情，不许当商品看待的！”

从 1992 年起，方成把自己几十年珍藏的三百八十多幅名家书画无偿地捐给了中山市，不求任何回报。这其中有吴作人、关山月、黄苗子、吴祖光、古元、廖冰兄、董寿平、许麟庐、沈鹏等的作品。更为难得的是，方成把当年在四川五通桥冯玉祥画给他的画也捐献出来。这幅画是方成的镇宅之宝，“文革”期间那么多次抄家，这幅画都被方成神秘地保存了下来。他自己创作的书画，除捐给国家博物馆 159 幅作品外，其余也全部捐给了中山市。

方成在一本书的“自序”中写道：“我仍继续收藏，藏品仍将捐献，使之成为公众财宝，人寿期百年，艺术可望长久。”

老年方成

2008年，在90岁的时候，他和华君武、丁聪、季羡林、杨绛、黄苗子等10人被评为“2008中国十大文化寿星”。有人问起方成的长寿经，他曾回答一个字：“忙！”还为自己写了一首打油诗：“生活一向很平常，骑车画画写文章，养生就靠一个字——忙。”

2010年10月13日这一天，为参加广州亚运会火炬传递，方成一年中第二次回到家乡，并当上了年龄最大的火炬手，坚持跑完了140米。

92岁时，方成获得文化部、中国文联、中国美协颁发的“首届中国美术奖·终身成就奖”。

93岁时，方成撰写的自我介绍如下：“方成，原籍广东省中山县，但生在北京，说一口北京话儿，自谓姓方，但其父其子都姓孙，非学画者，而以画糊口。虽为中国美术家协会会员，但宣读论文是在中国化学学会。一生从事政治讽刺画，但又因不关心政治屡受批评。这段话因为客观，可以盖棺定论。具体地讲，我1918年出生，童年时生活在祖居南朗镇左步村，9岁回北平上学。1936年入武汉大学化学系。1937年7月日本入侵，我停学两年返乡。1939年复学，因办壁报忽然学会漫画创作。1942年毕业，入黄海化工研究社工作4年。1946年因初恋失败，痛不欲生，辞职赴上海，以漫画创作为业。1948年国民党战败南撤上海，我避居香港。1949年新中国建立，再来北京，先后入新民报社和人民日报社任编辑。1986年离职。人生何其短。活了93岁，字数不过百十来字。一声长叹。”

如今百岁方成仍每天书写一幅书法，或者创作一幅漫画，继续着他的幽默人生……

一百零四岁，记得最清楚的是“保卫家乡”

吴江平，1913年12月出生。

时年104岁的老人，只能坐在轮椅上，别的记忆已经不大清晰了，只是还是在不断地重复“打鬼子、保卫家乡”，声音很有力量，和衰老的身体和意识相比，显得不同寻常。对很多年轻人来说，见到他，能把战争年代的信息更加深刻地传递给我们。

吴老原名吴文燕，祖籍山东濮县十字坡南西牛桥村，自1964年这里已经划属河南范县。十字坡因为中国的四大名著之一《水浒传》而著名，水泊梁山在十字坡东南百里左右。这里的人们自古就有习武的风俗，男女老少都苦练武功，而且这里的人们豪爽、仗义、忠厚、淳朴。

吴家在西牛桥村是大户。吴的祖父吴允亮是当地有名望的地主，父亲毕业于济南优级师范学校物理系，母亲出身书香门第，毕业于济南优级师范学校妇幼系，为人聪慧正直，祖上科考曾中第探花。

吴文燕有两个兄长和一个姐姐，因为弟弟少年夭折，因此在家排行最小。大哥吴文烈，毕业于中国大学法律系，是山东济南著名的律师，后投身军界抗日。二哥吴文勳亦投笔从戎，曾在国民党二十九军任上尉军需官。两个哥哥对吴文燕的一生有很大的影响。

1. 幼年习武，师从武林高手

吴文燕家乡的孩子们从很小的时候就开始习武，他也不例外。五岁时就开始学习少林洪拳，启蒙老师是山东省国术馆教师陈在显，一位非常有名的武师。

他在老师的指导下，每天都要压腿、劈叉、打拳，那个年月讲究尊师重教，山东又是礼仪之乡，老师的地位很高，对学生的要求很严格，学生也因此得到更多的训练。吴文燕本人也非常刻苦，在这样的环境下，打下了深厚的武术根基。

国术老师陈在显也注意到这个孩子比较肯吃苦，悟性好，有武术天赋，便在吴文燕十一岁的时候，接收他到他自己创办的“俊英体育社”学习训练，并传授了吴文燕少林拳术。

到了吴文燕读中学时，遇到国术大师窦来庚。窦来庚是近代著名的武术家，武当太乙门派掌门人中国武术名家高凤岭宗师的嫡传弟子，曾任山东省国术馆副馆长。窦来庚住在济南时，正好和吴文燕家住对门儿。

吴文燕萌生拜师求艺之心，加上一些武术界的名人，认为吴文燕是可造之才，竭力引荐，让还是中学生的他拜师成功。白天窦来庚工作太忙，就用晚上的时间传授吴文燕武当功夫，日复一日，学习了整整五年。

抗战爆发，国术馆人员改编为国民革命军第三集团军司令部警卫武士大队，窦来庚任上校大队长。1942年，在与日伪军激战过程中中弹负伤，誓死不当俘虏，开枪自尽，年仅42岁，抗日战争结束后被国民政府追认为陆军中将。

2. 亲历“五三”惨案

1928年，吴文燕15岁时，济南发生了著名的“五三”惨案。当时蒋介石正指挥国民革命军进行讨伐北方奉系军阀的北伐战争。当时的日本政府非常不希望中国被蒋统一，担心影响到其蓄谋已久的侵略中国的计划，因此采取了扶持奉系军阀张作霖的政策，巩固他们在东三省的特权，同时动用各种力量竭力阻挠蒋介石的武装力量北伐。

时年，日本以保护侨民为名，派兵进驻济南、青岛及胶济铁路沿线。面对日本军队，南京政府采取了忍让退却的态度，蒋介石命令北伐军撤出济南城，再三叮嘱部队不可开枪，保持忍让，避免和日军发生冲突。

吴文燕的父亲对于南京政府的避让政策十分气愤，他叮嘱孩子们，济南可能有一场大乱，不要出门，并打算如果形势严重，就把吴文燕送到北平躲一躲。吴文燕非常理解父亲的心情，在此之前他就和一个经常欺负、殴打中国孩子的日本学生交过手，狠狠地教训了他。

1928年5月1日，国民革命军克复济南。5月3日，日本人先是毫无理由地开枪击毙一位赤手空拳的中国军人，打死北伐军的宣传员，然后就拉开了大屠杀的序幕。他们看见中国人就开枪，还用大炮炸塌了济南城墙。蒋介石仍不让中国军队还击，派山东交涉署署长蔡公时与其交涉。残忍的日本人已经杀红了眼，压根就没有交涉的余地，他们将交涉署的中国外交人员捆绑起来，肆意毒打凌辱。蔡公时署长大义凛然与其严词交涉，他们竟将蔡公时割去耳鼻。蔡公时满脸是血，仍大骂日军的禽兽罪行。日本军人又将蔡公时的眼睛、舌头挖去，蔡公时为国捐躯。交涉署17名职员也全部被杀害。

随后，日军开始肆意屠杀，几天之内，中国民众被焚杀死亡者达一万七千余人，受伤者二千余人，被俘者五千余人。济南城尸横遍野，血流成河。惨案发生后，日方否认日军屠杀中国军民，并要南京国民政府道歉、赔偿、惩凶，于5月11日攻占济南。

15岁的吴文燕目睹了这一桩桩血案，尤其使他永远难以忘怀的是他的一个小伙伴被日本人开枪打死在他的身边。当时他面对枪炮子弹，已经没有了恐惧，有的只是一腔仇恨。当时他就暗暗发誓，一定要为惨死的乡亲们报仇，一定要把日军赶出家乡。

这段经历深深地影响了吴文燕的整个人生。当时济南城门由日本人把守，他们强迫中国人必须向他们鞠躬行礼才能通过，稍有不从，轻者打骂，重者杀头。少年吴文燕坚决不肯向日本人低头，从那一天起到日本人撤出他再也没有进过城。父亲担心倔强的小文燕的安全，将他送到北平大哥那里，直到日本人撤出济南城，才转回济南。

高中时，吴文燕就读以体育闻名的山东惠民省立第四中学高中部。当时他的同桌王泽民思想活跃，为人正直，已经是一个年轻的中国共产党地下党员，专门在惠民地区开展地下工作，引起了国民党特务的注意，但他们并没有发现王泽民，而是把目光放在吴文燕身上，准备对吴文燕进行抓捕。学校校长和教导主任得知此事后心急如焚，立即通知吴文燕离开学校，还为他办理了毕业证书。吴文燕连夜离开惠民，回到济南。这次经历最后是虚惊一场，但却让吴文燕第一次知道了中国共产党，从老师们对共产党的态度上，心中对共产党有了崇敬的心情。

3. 考入中央国术馆学习武术

高中毕业后，吴文燕希望能当一名飞行员，和日本人作战。他来到南京，想报考南京航空学校。他对自己充满信心，觉得自己身体条件非常好，可是哪里知道体检中查出他是色盲，不符合飞行员条件。但他考试成绩不错，被防空学校录取。

吴文燕很失望，觉得防空兵被动挨炸，不能赴前线主动御敌，所以没有去防空学校报到。临行前，他的武术老师窦来庚给南京中央国术馆教育长杨松山写了介绍信，举荐他的这位得意门生。吴文燕带着这封信来到中央国术馆，他琢磨不能白来南京一次，中央国术馆高手云集，可以趁此机会跟大师们学点功夫。来到国术馆一看，正在招生，他并没有拿出师傅的介绍信，而是按照规定参加考试，结果成绩非常优秀，被考官们大加赞赏，正式录取。

入馆之后，他有幸得到几位国术大师的传授，武功有了新的进步。而且国术馆纪律严明，早晚都要点名、唱歌，歌的大致内容是自卫卫国、强我种族、壮我国魂。这样两年的锻炼学习，使吴文燕不仅强健了体魄，还培养出军人般的坚毅品格。他不仅武术取得进步，在跑步、跳远、跳高等体育项目方面也成绩突出，1935 年被转到国立国术体育专科学校学习。这也为他日后从事体育方面的工作打下了坚实的基础。

4. 退学加入二十九军，走上抗战第一线

日本人在 1928 年制造了济南“五三”惨案后，又于 1931 年制造了“九一八”事变，强占我国东北三省。1932 年 3 月，他们扶持溥仪，建

立伪满洲国，继而侵占热河，扶持傀儡政权。1933年，日军向南推进，过长城，逼近平津，对北平形成三面包围。1935年，《秦土协定》在北平签署，日军迫使国民革命军二十九军大部分从长城以北移往长城以南的河北省，达到了控制察哈尔省的目的。

中国的前途和民族存亡牵动着每一个中国人的心，吴文燕也不例外。他虽然在体育学校学习，但把日本人赶出中国的决心时常浮现在脑海里，只是当时他并不知道他该怎么做、做什么。直到有一次在济南返回南京的船上，和姐夫段君毅做的一次深入交流，让他重新找到了人生的方向。

段君毅原名段尚乡，1931年9月参加中国共产党领导的“中国社会科学家联盟北京分盟”，从此走上革命道路。1932年他考入北平中国大学政治经济系，参加了北平学联组织的“一二·九学生爱国运动”。他1936年3月加入中国共产党，任中国大学首任党支部书记、北平市西区区委书记。

段君毅告诉吴文燕，每一个有血性的中国人，都应该上前线，他应该投身到抗日的战火中去，谁打日本人就投靠谁！当时姐夫段君毅是地下党的负责人，不能轻易暴露其立场和身份。只能暗示内弟投入抗战的队伍。段君毅本想让吴文燕到延安去，中央红军在毛泽东的领导之下已经到达陕北，但是他又很犹豫，去延安的路途凶险，条件非常艰苦，文燕家庭条件好，又一直在学校读书，于是考虑再三，建议文燕投奔二十九军。但这一席话对吴文燕后来去延安参加共产党八路军的抗战队伍起到了关键的激励作用。

二十九军曾在喜峰口战役中用大刀杀退日军，而且文燕的二哥吴文勋就在二十九军。因此吴文燕兴奋地接受了姐夫的建议，回到学校要求退学。但校长认为他是不可多得的人才，并未批准退学申请。于是吴文燕做了一个大胆的决定，他不辞而别，一个人去北平投军去了。校长忍痛开除了吴文燕的学籍，直到1955年新中国成立后的政协会议上，两人再度相见时，校长对那件事情还很愧疚，他称赞吴文燕为学校争了光，因为在中央国术馆唯有吴文燕一人直接走上真刀真枪抗日的第一线。

5. 南苑战斗中，两位将军战死

1936年初冬，吴文燕来到北平。当时北平的郊外驻有日本驻军，二十九军正在加紧备战。二哥见到他十分高兴，让他报名参加正在组建的二十九军军事训练团。当时二十九军军长宋哲元认为蒋介石成立的黄埔军校是培养自己的军事人才的。他成立军训团的目的是为培养西北军自己的军事人才。吴文燕到了以后顺利通过考试。军事训练团由二十九军副军长佟麟阁担任团长，负责政治教育的是中共地下党员张友渔，是我国著名的法学专家，新中国成立后任第一届北京市政府副市长。吴文燕被分配到第三大队即特种兵大队的炮兵科。第三大队长冯洪国是冯玉祥将军的长子，曾与蒋经国一起在苏联留学时加入了苏联共产党。副大队长朱大鹏（后改名朱军）当时是西北军的地下共产党员。朱军在新中国成立后，曾任海军工程学院院长、海军政治学院院长，1955年开国少将。这两个队长对吴文燕的革命人生影响很大。

军事训练团的驻地在北平的南苑，吴文燕在这里接受了三个月的新兵训练和三个月的步兵训练。训练十分艰苦，简直不近人情，但却培养了学员们坚强的意志。吴文燕咬牙通过了六个月的基本训练，这时候已经到了1937年6月底，当时他们并没有想到，再过几天，震惊中外的“七七事变”就将爆发，中国人民的全面抗日战争将正式开始。

1937年7月7日，日本军队向宛平城发起攻击，二十九军奋起抵抗，日军聚集了更大兵力攻占了廊坊，开始准备向南苑大举进攻。佟麟阁副军长亲自坐镇南苑，并调赵登禹将军前来指挥战斗。日军利用武器装备上的优势，先派了几十架飞机对南苑军营轮番轰炸，中国军队没有防空炮火，只能任其倾泻炸弹，二十九军的营房大部分被炸毁，很多精心修筑的工事被炸坏，包括吴文燕操练用的大炮，很多训练团的官兵当时就被炸死在阵地上。

当时的中国军队武器装备十分简陋，和敌人差距很大，交战后，几乎被日军合围，我军伤亡非常大，也没有外部救援。军长宋哲元派人传达突围命令，为保存实力，命令佟赵二位将军率部突围，在大红门地区聚结。

佟麟阁将军当即命令放弃南苑，率部向北平方向突围。部队已经撤退到大红门地区时，天空忽然出现日军的飞机，开始狂轰滥炸，佟将军的枣红马被日军的战机识别，成了主要袭击目标，几番轰炸射击后，佟麟阁将军头部中弹，当场壮烈殉国，时年四十五岁。

赵登禹将军遭遇日军伏击，也战死沙场，年仅三十九岁。吴文燕看到佟将军英勇战死的情形，他悲痛欲绝，却无力挽救，无能为力，只能执行命令继续撤退。军事训练团此次战役牺牲一千多官兵，全团仅余七百余人，子弹也快打光了。经商议大家决定改变方向，向固安突围。在突围路上又遭遇日军，交战后，与阻击日军形成肉搏，吴文燕虽有轻伤，但还是仗着武术功底，用大刀砍死敌机枪手数名，后成功突围。

6. 执行绝对机密的军事任务

“七七事变”后，吴文燕所在的二十九军军事训练团被改为七十七军干部训练团，军长何基沣为人正直，对蒋介石一直以来攘外必先安内的政策十分反感，是中国共产党全民抗战纲领的坚决拥护者，他认准只有共产党才能救中国。因此在1938年初，他秘密前往延安，1939年1月秘密加入中国共产党，成为周恩来领导的单线联系的中央特科秘密成员。在此之前，他就计划采取行动，秘密改造旧军队。

1937年10月的一天，吴文燕突然接到命令，到军长那里接受紧急任务。何基沣军长说，现在国共合作了，需要派人去向共产党、八路军学习抗战经验。要将吴文燕等四人作为七十七军的代表派往延安学习，这是绝对的军事机密，对任何人也不能有丝毫泄露。与吴文燕一起接受这个特殊任务的还有上校团长胡文郁夫妇、中尉分队长王克恭。四人经过紧张的准备后，踏上了去延安的路程。吴文燕并不知道，胡文郁团长夫妇都是中共党员。胡文郁军衔最高，是他们四个人的领导。

吴文燕通过这段在二十九军从军、抵抗日本人的经历，对蒋介石的不抵抗政策产生了强烈的不满，二十九军在和日军的交战中付出了那么大的代价，对国民党越来越没有了信心。而从高中时起，中国共产党的名字就一直在他心目中留下深深的印迹，加上他想起了姐夫段君毅鼓励他“谁抗日就投奔谁”的一席话，现在他有机会到当时的年轻人心目中的革命圣地延安，内心非常激动。他们要去延安，首先到了西安。胡文郁告诉他们，在行动上决不能引起特务的注意，再想办法进入西安八路军办事处。胡文郁的谨慎绝不是多虑，当时虽然处于国共合作期间，但蒋介石时刻没有忘记派特务暗中监视共产党的一举一动。他们观察了好几天，发现八路军办事处虽然表面看起来很清静，看不到国民党的警察和便衣，但门口的烟摊和人力车夫就是国民党特务。仔细观察后，他们穿着三十三集团军的军服，乘车来到八路军办事处，下车后迅速进入。

门口的特务还没明白怎么回事，四个人已经安全到达。然后在八路军办事处主任伍云甫的安排下，四人换上八路军的服装，搭乘八路军运送物资的大卡车，终于辗转到达延安。

7. 在延安开始全新的生活

到达延安后，吴文燕等四人先被分配到抗日军政大队第四大队学习。后来因他曾参加过二十九军军训团铁血剧团活动，性格外向，有文艺天赋，他被选入鲁迅艺术学院戏剧系学习。在鲁艺他如鱼得水，结识了当时很多中国文艺界抗日人士，同窑洞的室友就是我国著名漫画家华君武。虽然来到延安不久，但吴文燕却感受到这里和国民党军队的极大不同。在这里官兵一致、军民一心，他经常看到毛主席、朱总司令等最高领导人和老百姓亲切交谈，看到党的高级干部和普通士兵一起同甘共苦，这是以前在国民党军队无法想象的。延安的物质条件是很艰苦，但延安的军民们却充满了乐观向上的精神。

他如饥似渴地聆听毛主席、朱总司令的讲课，积极参加各项文艺演出，展现了他在文艺、体育、武术等多方面的才能，很快成为延安的一个名人。在1939年的“五四运动会”上，吴文燕表演了拿手的太乙拳，还表演了刀法，引起满堂喝彩。

一转眼，夏天到了，天气很热，一些喜爱游泳的人们开始下延河游泳。一天中午，吴文燕和几位战友一起去游泳。吴文燕的水性很好，游泳中，崔嵬老师兼战友十分赞叹他的水性，并告诉他一直想跟他说件事儿。原来崔嵬刚听到他的名字，以为是个女孩儿。当时不少人到了延安都改了名字，就劝他也改一个。吴文燕说好啊，让崔嵬老师帮他起一个新名字。

崔嵬老师说："你游泳游得那么好，在大江大河上如履平地，就叫吴江平吧。"

从此吴文燕就改名为吴江平。

8. 参加八路军，在敌后边唱戏，边与日军战斗

1939 年 7 月，延安军民迎来"七七"抗战两周年纪念日。毛主席在纪念大会上发出"到敌后收复失地，开辟和扩大巩固抗日根据地"的号召。延安抗大、鲁艺学院等超过万名的青年纷纷报名奔向敌后根据地，去开辟第二战场。

为配合这次行动，音乐家冼星海专门创作了一首歌曲《到敌人后方去》。鲁艺成立了一个军事团，吴江平这次也被批准去敌后，并任军事团排长兼军事教员。

1939 年 7 月 11 日，一支由文艺工作者组成的队伍离开了延安，踏上了艰难的开往敌人后方的路程。吴江平是队伍中最活跃的人之一。一路上为了提高士气，他不断给大家打快板、讲笑话，缓解行军途中的疲劳，大家都叫他"快乐干事"。部队行进十分艰苦，有时候要穿越碉堡林立的日本军队的封锁区，因此，队伍改了作息时间，白天休息，晚上行军。

部队行进到了同蒲铁路。这是一处重要关口，路的两旁是日军建立的一座座炮楼。部队过铁路，贺龙将军领导的八路军一二零师三五八旅七一四团的战士们负责掩护，一架架歪把子机枪对准敌人的炮楼。在八路军强大战斗力的威慑下，炮楼里的日军没敢有任何动作，罗瑞卿总队长亲自指挥大家迅速通过铁路，要在黎明前赶到东边的大山里才安全。

战争年代，连续行军对作战部队的军人是一种挑战，对文艺工作者

更是一件非常残酷的事情，有的女兵已经走不动了。团首长让两个男战士架着一名女兵一起前进，绝不让一人掉队。由于连续行军，大家的脚都磨出了大水泡，有的人的腿因为长时间走动，出现水肿，有的女兵脚肿得连鞋都无法穿上，只好用破布把脚包上，继续跟着部队走。

除了严重的极限疲劳之外，还有更大的困难就是没有粮食没有水，行军进入山区之后走了几十里山路没见过一处水源，同志们嘴唇干裂、嗓子嘶哑，有的战士渴到不行了，就把路边的草拔起来吸几口水汽，有的同志开始喝马尿。即便是在这样的情况下，也没有一个人叫苦，没有一个人掉队，支撑他们的是坚定的信念，听毛主席的话，到敌人的后方去战斗，打击日本军队，收复失地！

吴江平觉得这次行军是他长这么大以来遇到的最艰苦的考验。一次渴得受不了的时候，吴江平突然发现一个非常小的水坑，连忙飞跑过去，里面的水非常少，而且污浊不堪。但他如同发现了宝贝，用水缸子舀了一点，刚要喝时，发现身边的女同学张铮渴得要晕倒了，就把水让给了张铮。张铮是新中国成立后的一位著名导演，导演了当年轰动一时的电影《小花》。

经过残酷的艰难跋涉，部队终于到达了晋察冀抗日根据地的北岳地区，事后吴江平总结这次行军，“时经三月，路经三千，途经三省（陕、晋、冀）十八县，终于到达敌后，完成了毛主席党中央交给我们的光荣而艰巨的任务”。部队到阜平后，国际友人白求恩大夫亲自给吴江平治病，治疗他因炮弹皮受伤发炎的伤病。

在晋察冀根据地，吴江平先在联大文工团戏剧组工作，导演郭维、演员陈强等都在戏剧组。半年后他到联大文艺学院任教员，后成立少年儿童演剧队，又叫文九队，又叫小鬼队，吴江平任队长兼教员。文九队培养出不少著名演员，当时演员田华在文九队，只有十二岁。吴江平被称为“孩子头”“快乐队长”。

虽然在敌人后方的战争条件十分艰苦，但八路军的文艺活动却开展得红红火火。吴江平和文工团的同志们一边一起随军参加战斗，一边在战斗间隙为战士们跳舞和表演节目，活跃队伍气氛，为八路军鼓劲加油。

由于日本军队的经济封锁，演出的条件十分艰苦，连一件正规的乐器都没有。文艺兵就因地制宜，就地取材，创造各种条件，自己制造胡琴、板胡等。他们用洋油桶做了大低音胡，演奏效果很不错。演出中的化妆更是简陋，同志们只能用红土、黄土、大白、锅底黑来制造，尽管这样，每次演出都能起到引人入胜、激励人心的作用。

战争年代的演出活动充满危险，剧团跟着部队走，打过仗之后，八路军和民兵手持三八大盖枪分散在日本军队的炮楼前放哨，层层警卫，以防止日军突然袭击。演员们则在与日军据点遥遥相望的村头旷野，点起几盏大碗做的油灯，敲锣打鼓，为部队和周围各村的百姓演出宣传抗战的节目，这些节目以及勇敢的演出形式极大地鼓舞了部队和老百姓们战胜日本军队的决心。

9. 八路军中赵子龙

1942 年，抗战进入了最艰苦的相持阶段。在日本军队对共产党抗日根据地频繁“扫荡”和国民党军队不断进攻的两面夹击下，中共的各个抗日根据地面临的形势十分严峻。陕甘宁边区和延安也面临着兵力不足、战斗力不足等很大困难。

为此，党中央决定派人到晋察冀抗日根据地，利用当地的武装力量组织一支队伍到延安去。这支队伍的任务是保卫延安，因此命名为延安留守兵团。在很短时间内，兵团就组建完毕。留守兵团在回延安时要带上一批人，其中就包括吴江平。随同留守兵团回延安的有四十多人，主要是作家、诗人、记者和文艺工作者，还有北平地下党的干部。文化界的名人杨朔、鲁黎、侯亢等都和吴江平一样，是1939年响应毛主席号召从延安鲁艺来到晋察冀的。

这次奉命回延安的队伍中还有十一二位外国友人。自从珍珠港事件后，日本发起了太平洋战争，对美国宣战，美、英、苏联等一些西方国家成为日本敌对国。北平的一些外国人随时有被日本军队逮捕、杀害的可能。因此，北平的中共地下组织帮助他们逃了出来，先到延安再想办法回国。

他们原计划赶到延安过春节，但是两次出发都在同蒲铁路封锁区被阻。日军防守得非常严密，为了避免人员伤亡，两次过都没有成功，部队只好隐蔽在平山县一带等待机会。到了六月份，上级下达了出发的命令，吴江平随着大部队悄悄来到距封锁线较近的地方。三年前从延安到晋察冀时，吴江平曾走过一次这条路。那时候就壁垒森严，但今天的同蒲线和那时候比简直就是密不透风。铁路方圆百里的地面上碉堡林立，铁路两旁密布着地堡、壕沟，铁路两侧被铁丝网、路障围得严严实实，每隔十几分钟就有一辆安装着重火力和探照灯的装甲巡逻车驶过。敌人运送士兵和装备的火车也不时通过，要冲破这条封锁线的确是非常困难。部队在距同蒲铁路不远的小村岳家沟停了下来，等待过路的命令。

就在这时，一件意想不到的事情发生了。团长索立波（原名李波，蒙古族）的夫人苏力军正在孕期，因为连日颠簸，孩子早产了。战争年代出生的孩子给大家带来更多的是忧虑，行军打仗带着婴儿是一件非常棘手的事情。因为是在岳家沟出生的，团长索立波给孩子起名为岳娜，让她长大后记住这个地方。

部队出发的命令下达的当天，是小岳娜出生的第五天。部队兵分两路，一路骑马，一路步行。索立波负责指挥骑马的队伍，妻子苏力军有一匹马，但是因为刚生了孩子，身体非常虚弱，照顾自己都很困难，就别提抱孩子了。索立波要负责整个骑马队伍行军突围，不能只照顾自己的妻儿。何去何从？当时索李波想在当地找一位老乡家，把孩子先存放在那儿，可是这里是无人区，到哪里去找人家呢？索立波、苏力军焦急万分。这个时候，吴江平挺身而出，他对索立波说，“把孩子交给我吧，我带她迂回过封锁线，您带好队伍就行了！”索立波和苏力军激动万分，索立波嘱咐吴江平说：“好，孩子交给你了，但一旦有特殊情况，你可以随时扔掉她！”吴江平说：“放心吧，我在孩子就在，她是革命的后代，哪能扔掉！”

就这样，索立波用一条军裤把孩子捆在吴江平胸前，把吴江平的大背包交给苏力军，吴江平只背着一个干粮袋，向索立波、苏力军行了军礼，转身回到了自己的队伍中。为了能在敌人布防比较薄弱的地方通过同蒲线，步行的队伍在向导的带领下要绕行更崎岖的山路，而且是在夜里行进。一直走到半夜，天又下起了雨，路更加难走。吴江平尽量伏下身子，为孩子遮风挡雨，旁边的同志也不时帮一把。一夜急行军，到了天亮的时候，吴江平发现孩子没什么动静了，拍拍她，不哭也不叫，吴江平吓坏了，猜想她是太饿了，赶紧掏出一把炒面在嘴里嚼了嚼，然后把糊糊塞到孩子嘴里。孩子好像一下子有了精神，开始咀嚼炒面糊。吴江平这才放下心来。就这样，一边照顾孩子一边行进，终于有惊无险地通过了封锁线。通过后也不敢停留，又走了一天多。索立波、苏力军带领的强行通过的部队正在焦急地等待着他们。终于和大部队会合了，看着安全交回手中的孩子，夫妇俩感动得不知道说什么才好。说来凑巧，另一位叫黄光明的团长的爱人过了封锁线后也生产了，生了一个男孩儿。这支回延安的队伍在行军路上增添了两个人。

部队继续前进，他们渡过黄河后经历千辛万苦到了绥德。王震司令员听到索立波介绍吴江平的事情后，握着他的手，称赞他是“八路军中赵子龙”。习仲勋称他是“共产党的好干部”。同行的外国人也经历了这次艰难的行军，看到吴江平在这样危险的情况下忘我地带孩子过封锁线，都感到很震撼。他们连连夸赞吴江平：“好样的，太不可思议了，您是英雄，八路军可以创造任何人间奇迹，八路军是不可战胜的！”

这些外国人到延安后，把这个经历写成文章发表在《解放日报》上，他们给两个婴儿起了名字，一个叫同蒲东，一个叫同蒲西，并介绍了吴江平的事迹。他们满怀激情地说：“同蒲东和同蒲西是在战火中诞生的八路军的后代，他们代表了中国的未来。八路军有了吴江平这样的英雄，八路军是永远不可战胜的，中国人民一定会取得抗日战争的最后胜利。”

10. 在延安举办最简陋的运动会

1942 年 7 月，吴江平回到延安。当时全国的抗战形势都非常严峻，共产党控制的延安也处在敌人的层层封锁下，生活和物质条件极为艰苦。在中央的领导下，延安开展了大生产运动，军民团结一心，“自己动手、丰衣足食”，从事最简单的种植和生产，解决现实的物质困难。

虽然当时生活困苦，物质条件极差，但党中央仍十分重视体育运动。吴江平在文艺和体育方面的特长让他很快成为骨干力量，回延安不久，

吴江平（后排左一）担任绥德地区文工团编导时与战友合影（1945 年）

就开始筹备以增强延安部队体质为目的的“九一运动会”。延安则成立了延安体育会，吴江平参加大会并聆听了朱德总司令的讲话。会上制定了体育会章程，选举了七位理事，吴江平成为唯一一位专职体育干事，负责体育会日常工作。

为召开“九一运动会”，延安各机关、学校、工厂、部队进行了逐层次的选拔，选拔出运动员 1300 多名，项目有篮球、排球、田径、游泳和军事项目等。党中央非常重视这次大会，朱德总司令亲任运动会会长，副会长是贺龙，总裁判是李富春。毛主席为运动会题词“锻炼身体，好打日本”。

1942 年 9 月 1 日，运动会正式开幕，朱总司令致辞说，大会的目的是更普遍地开展体育运动，大多数同志论政治、文化都已经具备了相当的水平，缺少的就是健康的体格。把身体锻炼好，就是为了参加战斗！

运动会的比赛场地因地制宜，因陋就简，田径比赛场就在延河岸边的沙滩上，游泳场地就是延河，虽然条件很差，但气氛非常热烈，部队官兵都非常开心。

吴江平代表党中央机关红旗队参加田径项目中的跳远和短跑两项。没有运动服，吴江平穿的鞋子是用破旧军衣编的，运动背心是用上级发的粗白布自己裁剪的。在百米短跑中吴江平取得了第二名，跳远比赛中获得了第一名的好成绩。邓小平的堂弟邓自力百米第一、跳远第二，赛后他俩成了一生的好朋友、好知己。

“九一运动会”举行了六天，闭幕式很盛大。吴江平上台领奖，朱总司令亲自颁奖。奖品是边区粗纺的毛巾和自制的茶缸，虽然很简单，但吴江平却备受鼓舞，他下决心要在体育事业上多为党和国家做贡献，强身健体，保卫祖国。

运动会后，延安体育会又筹办了篮球、排球和足球联赛，这些赛事一直持续到初冬。在那个时期，由贺龙亲自组建、培养的一支篮球队非常著名。在残酷的战争年代，这些篮球运动员同时也是战士。他们行军时除了要背干粮、枪支、弹药外，还要背着篮球和篮球筐。打仗时，和所有的战士们一起参加战斗，战斗结束后，他们找棵大树，钉上木板、木板上钉上篮筐就开始训练。在行军途中短暂休息时他们也会练习传球、运球。进驻地后，他们白天工作，晚上在月光下练习，无论严寒酷暑从不间断。因为运动员的刻苦训练，这支篮球队的名声响遍延安，大家都称之为“战斗篮球队”。有一次战斗篮球队和延安篮球队进行一场表演赛，成千上万的军民观战。忽然，朱总司令也一起参加了比赛。中间司令犯规了，裁判却不敢吹，比赛停止了。朱德擦了擦汗，对裁判说：“小鬼，你是裁判，要执法如山，谁犯规就吹谁，不能犹豫。我打了对方的手，犯了规，就该罚球，不要因为我是总司令就哨下留情，这样可不公平。”

吴江平从头到尾看了这场比赛，朱总司令对裁判的评论让他终生难忘，成为他后来做裁判工作的准则。

11. 经历了两次婚姻

1945 年，抗战胜利了，共产党和国民党之间的斗争摆在了桌面上，一批批国民党接收人员奔赴各地接收日本人投降后交出的政权，中共中央发布命令，一定要抢占东北。一周之内，当时的延安抗战大学的成员基本都奔赴东北，吴江平的请求却没有被批准，因为他遇到一个棘手的难题。

抗战大学文工团有一位从冀中火线社来的女演员叫王瑜。因为在整风运动中受到冲击，精神受到刺激，生活起居都要人照顾。照顾王瑜的人换了一个又一个，都不能让她平静下来。唯有和吴江平在一起，她特别听话，顺从地接受治疗。领导再三考虑，决定让吴江平担负起照顾王瑜的工作。吴江平尽管渴望去东北参加战斗，还是毫不犹豫地服从组织安排。

出于在战争年代特殊的战友情谊，吴江平对王瑜尽心尽力地照顾，王瑜对他的依赖也越来越深。吴江平从心底很同情这个不幸的姑娘，加上青年男女在一起照顾起来十分不方便，吴江平决定和王瑜结婚，这样王瑜的病就可能快点好起来。这件事经过习仲勋书记、袁任远专员特批，习仲勋曾感慨地说，“吴江平是我们党的好人啊！”

两人婚后，刚开始王瑜略有好转，但当国民党胡宗南军队开始对延安发动进攻，边区形势一度紧张后，王瑜的病情开始变得越来越严重，她一听动静就大喊大叫，向着有太阳的地方跑，因为她的家乡在冀中。组织怕她跑到敌占区去，决定让王瑜回河北老家养病，这样有亲人照顾会好一些，也解除吴江平的后顾之忧。

1947 年 3 月，吴江平护送王瑜回冀中。他们跋山涉水，千辛万苦地终于回到王瑜的家，把她交给父母。冀中军分区司令员是孙毅将军，参谋长正是索立波。索立波见到吴江平非常高兴，把吴江平的情况向上级做了汇报，上级当即决定把吴江平留在冀中军分区的评剧试验剧社任党支部书记兼政治指导员。

王瑜回到家后，病情终于失控了，最后连吴江平都不认识了。吴江平十分痛苦，却无可奈何。他不幸的婚姻受到部队领导的同情，确认王瑜已无痊愈的可能，这样的婚姻持续下去会对吴江平很不公平。在那样一个特殊的年代里，婚姻关系的解除程序也很特殊，由领导批准，吴江平和王瑜解除了婚姻关系。吴江平也承认，这一段婚姻并无爱情，有的只是战争年代里对革命战友的最朴素的同情和怜悯。

1948 年底，河北辛集十一军分区实验京剧院成立，吴江平任党支部书记和政治指导员。当时束鹿县委书记郭强同志非常欣赏吴江平，觉得他能文能武，热情聪明，乐于助人。他也了解吴江平那段不幸的婚姻，想帮他找到一个志同道合的伴侣，于是将本地姑娘康健介绍给吴江平。康健的父亲是一名共产党员，曾经是八路军一二九师 385 旅的一位排长，在著名的百团大战山西娘子关战役中牺牲；母亲是村妇救会主任，中共党员，性格非常开朗。康健的弟弟也是被日本人打死的，一家人对日本人和国民党有刻骨的仇恨，对共产党八路军感情深厚。

康健当时年龄不大，只有 16 岁，但已经符合当时婚姻法的要求。她为人朴实、忠厚、端庄，身高 170 公分，十分能干。吴江平来到康健家后，感受到了家的温暖。他从小就失去母亲，现在看到康妈妈那样热情、慈祥，仿佛见到了自己的母亲。康妈妈对这个女婿也十分满意。于是当时这门亲事就定了下来。没过多久，他俩的婚礼在党委大院里举行。之后，两个人竟然共同相伴着走过了 70 多年的风雨人生。

12. 进入体育界从事体育工作

1949 年 4 月，吴江平调到保定市文联工作，任艺术指导部部长。在保定工作的几年，他很努力地推动当地的各项文艺活动，组建了保定曲艺训练班，还亲自到北京、天津选拔了四百名学生。著名演员村里、赵丽蓉都是训练班的学员。

1952 年春天，全国体育总会一纸调令将他调到全国体总工作。吴江平的人生道路又出现重大转折。中国共产党刚刚执政，百废待兴，无数国计民生的大事摆在党中央面前，但中央仍把体育事业的发展摆在优先的位置上。党和国家领导人朱德亲自在北京召开会议，成立全国体总筹委会，从全国各地召集一批体育专业人才。吴江平就是在这个时候被选中的，被任命为训练竞赛组组长。训练竞赛组有组长三人，组员中包括国民党执政时期的奥委会委员董守义等三十多人，负责全国各项体育运动的训练和竞赛工作。

1952 年春天，毛泽东主席为中华全国体育总会第二届代表大会题词“发展体育运动，增强人民体质”。这个指示成为全国体总的工作指导方针。

为了迎接当时的亚洲冠军印度乒乓球队访华，全国范围内进行了乒乓球选拔赛，吴江平担任国家乒乓球队第一任领队。国家乒乓球队虽然刚刚组建，但显示出非凡的实力，在与印度乒乓球队的比赛中取得全胜的好成绩，震惊了亚洲乒坛。这场比赛之后，中国乒乓球队声名鹊起，引起全国人民的关注。吴江平又带领队员到上海、天津、武汉、广州等地巡回表演，所到之处受到热烈欢迎，同时掀起全国第一次乒乓球运动的高潮。

1953年11月，天津举办全国首届民族形式体育表演和比赛大会，吴江平任大会副秘书长兼竞赛部长。这次运动会有个很重要的项目就是国术。中国人自古以来就酷爱武术，武术被称为国术是历史上沿袭下来的，国民党时期在南京设了中央国术馆，在各省也设了省立国术馆，因此新中国成立初期仍沿用了国术这一称呼。吴江平有自己的想法，他觉得在中国可以称得上“国术”的技艺有很多，比如“中医”“国画”。武术被称为“国术”不太确切，“国文”也改成“语文”了。而且新中国成立了，应有更明确的称呼。于是吴江平向上级请示此事，很快得到批准，从那时候开始“武术”这个称呼在中国以及世界大多数国家被认同和采用。

1954年，吴江平获得北京市第一批国家级裁判证书、证章。在体委的日子里，吴江平精力充沛，工作热情投入，无论是做领队还是负责别的工作，都能尽职尽责地完成各项工作。他还受命参与了第二套、第三套广播体操、第一套和第二套少儿广播体操的编排、推广工作，这些体操成了一个时代的记忆符号。

13. 发现了世界举重冠军陈镜开

体委经过一段时间的运作，经过反复斟酌，认为我国在体操和举重项目上有一定基础，决定组建体操队和举重队，组建完成后派到当时的友好邻邦苏联学习取经。

吴江平和另一位搭档陈风平担任体操举重队领队。在全国选拔赛上，解放军队广东籍举重选手陈镜开成绩排在第七名，按规定不能进入国家队。吴江平却从陈镜开的身体条件看出来他绝对是一个举重的好苗子，是不可多得的举重人才，只要训练得法，一定可以出成绩。吴江平多次找领导谈自己的看法，领导最终接受了吴江平的建议，陈镜开终于进入举重队，前往苏联学习。

1955 年 5 月，吴江平带领中国国家举重队到达苏联莫斯科。在苏联期间，苏联举重教练以认真负责的态度对中国队员们进行了严格的训练和科学指导。时间不长，队员们的成绩普遍有了很大幅度的提高。

1956 年 6 月 7 日，苏联举重队来华进行友谊赛，我国派出了中国人民解放军举重队和上海联队。在这次比赛中，陈镜开第一次挺举 125 公斤，高于全国纪录 5 公斤。第二次要了 133 公斤，超过世界纪录 0.5 公斤。全场观众都屏住呼吸。第一次试举失败，观众们发出遗憾的声音。陈镜开抖擞精神又来到杠铃前，他动作连贯，一气呵成，成功了！陈镜开以挺举 133 公斤的成绩打破了美国运动员温奇保持的最轻量级世界纪录。这是我国运动员打破的第一项世界纪录。陈镜开的出色发挥在当时全中国、全世界都引起了巨大反响，极大地鼓舞了中国人民建设国家的热情。陈镜开后来连续十次打破世界纪录，是吴江平这个当之无愧的伯乐发现了这匹“千里马”。

14. 我周围的人都是好同志，没有一个叛徒

1966 年，一场涉及全国各个行业、各个领域，影响到每个人的史无前例的“文化大革命”爆发了。在这场运动中，吴江平和很多老干部一

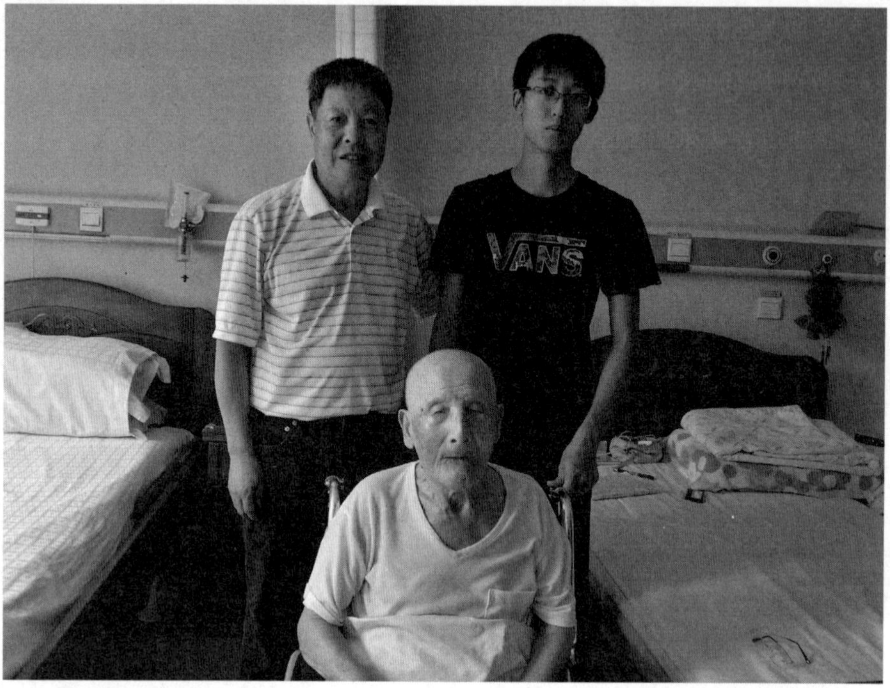

吴江平祖孙三代（2017 年）

样受到冲击。他被贴了一张“吴江平的黑线关系又粗又长的”大字报，抓住他和一些老领导的历史工作关系大做文章。面对这场风暴，吴江平保持着他一贯的豁达。他回顾自己五十三年的人生，觉得自己的所作所为对得起党、对得起人民、对得起国家。他克服了来自很多方面的干扰，依旧高高兴兴地上班，人们仿佛又看到了抗战时期的那个“快乐干事”。

“文革”期间，很多单位找吴江平调查情况，吴江平写的材料中，被调查的人都是好同志，没有一个叛徒。因此，一个人事保卫科科长说：“吴江平的政治觉悟最差。”吴江平的夫人康健被劝说，让她与吴江平划清界限，被康健怒斥。“文革”后期，吴江平到山西省留屯五七干校劳动了一年。

“文革”结束，经受了十年动乱的国家开始恢复正常而稳定的社会政治秩序。吴江平虽已年逾六旬，但精力依然旺盛，闲不下来。1980年10月，上海举行了国际举重邀请赛，在这次大会上，吴江平被批准成为我国第一批举重国际裁判员。从此以后，他不仅要执法各项体育重大赛事，还要到各地讲学，传授举重比赛的裁判规则和经验，为我国培养出一批国际级和国家级举重裁判。

15. 到了一百零四岁，记得最清楚的是“保卫家乡”

新中国成立后吴江平的夫人康健专攻医学，成为一名儿科专家。她以中西医两种诊疗技能治疗儿童病症，研究自制了消化、泌尿、呼吸、神经系统中药处方五十三个。她曾任首都医科大学朝阳医院儿科主任、教授，中西医结合专业组学术带头人等，被选入《中国名医录》。

吴江平离休后，依然保持工作和学习热情，从未间断过体育锻炼和养生。担任了中国体育科学学会武术气功委员、中国气功科研会功法会顾问等多项社会职务，到各地去做全民健身的讲座，表演和教授健身功。全国很多地方都留下了这位老人的足迹。

到一百零四岁时，只能坐在轮椅上，身体开始衰老，一生中的很多很多记忆开始模糊乃至消失，留下的最深刻的记忆，是他不停念叨的“打鬼子，保卫家乡”。

慈祥得像一本经书

1. 小时候学习英文和德文

1914 年，杨岫云老人出生于江苏省盐城市沙沟镇的一个小康之家，父亲毕业于江苏警官学校，是当地警察局局长。

当年，时任民国大总统袁世凯在一步步设法实现自己的目标，尊孔复古，废除辛亥革命后制定的临时约法。欧洲第一次世界大战爆发。远在中国江南鱼米之乡的江苏盐城，政治变革以及战争的阴影暂时没有影响到居民们的生活，大家在平静地过自家的日子。

杨岫云的家庭比较早地接受了民国的新思想，没有像传统封建家庭一样给她缠足，并让她接受了良好的教育。中学毕业后，杨岫云获得了本县仅有的两个保送名额之一，进入了江苏省助产学校学习，毕业后成为一名助产士。当时，民国学校纷纷开风气之先，向学生教授外文，所以，

杨岫云和先生朱亚杰结婚照（1937 年）

在中学和助产学校，她得以有机会学习了英文和德文。直到 103 岁，她仍能记得不少英文单词，也能脱口而出德文单词“Deutsch（德国）”。

1937 年，她遇到了生命中最重要的人之一，后来成为她丈夫的朱亚杰。二人的结合遵循了传统的父母之命，媒妁之言。但与那些缺少感情只能“相敬如宾”的旧式夫妻不同，杨岫云说，她一看到朱亚杰就非常有感觉，有学者的气质，“他非常的 gentleman（绅士）”。

在一张略有褪色发黄的黑白合影中，看到两位老人年轻时的样子。杨岫云身着高领浅色旗袍，留着一撮民国时兴的刘海发型，面容端庄清秀。朱亚杰身着长袍，五官笔挺。

朱亚杰出生于江苏兴化，与杨岫云同岁。在扬州中学读书期间，他接受了进步、科学思想的熏陶，渐渐生出了读书报国之志。当时，因为家庭经济日趋困难，家中曾劝他辍学返乡，而他却说：“只要供我上学，家中祖产片瓦分田不要。”

1934 年，朱亚杰考入清华大学化学系。在中国内忧外患之际，与其他大学生一样，他也一边学习，一边积极投身于爱国学生运动中。1935 年 12 月 9 日凌晨，朱亚杰同数千名学生走上北平街头，高呼抗日救国的口号，开始了震惊中外的“一二·九”运动。作为请愿队伍里的交通员，他骑着自行车穿梭于队伍中，即使城楼上的警察一齐鸣枪，一时人群骚乱，他依然从容不迫地指挥大家前进。

夫妇二人相识的时候，全面抗战已经打响，北平迅速沦陷，江苏也成了战斗前线，一座座城池包括国都南京相继陷落。两人遂随清华大学向大后方撤退，并于 1938 年在长沙结了婚。婚礼办得很简朴，两人只是买了一些糖果发送给亲朋好友。

2. 战争中，记忆最深的就是空袭

不久，武汉沦陷，日军向中国中部步步逼近。清华大学迁到了昆明，并与北京大学、南开大学组成国立西南联合大学，汇聚了一大批国宝级教授——朱自清、陈寅恪、胡适、闻一多、钱钟书、冯友兰……可谓“群星闪耀”。他们在艰苦的环境下做出了许多重要的学术成果，更培养了一大批优秀学生，很多后来都成了社会栋梁。

据官方统计，西南联大校友中共有 173 人当选为“两院”院士。这其中就包括朱亚杰，他后来成了新中国著名的石化能源专家，在 1980 年和 1994 年分别当选为中科院院士和中国工程院院士。在 1948 年中央研究院首届院士评选中，全部 81 位院士中，有 27 人出自西南联大。毕业生杨振宁和李政道曾获得过诺贝尔物理学奖。

杨岫云年轻时

那是一个人才辈出的时代，也是一个颠沛流离的时代。

因经费所限，朱亚杰和同学们当时只能在土坯墙、铁皮顶的教室中上课，在茅草顶的宿舍里居住。在大后方，杨岫云进入云南省昆华医院，成了一名护士。关于战争，她记忆最深的就是日军的空袭。在昆明的几年里，空袭警报声接连不断，每当一短一长的汽笛声响起，联大师生就会往城外空旷的地方跑，接着，飞机、炸弹就会“呜……呜……”地掠过。“那时很害怕炸弹。”杨岫云说。

著名作家汪曾祺当年也曾就读于西南联大，他写过一篇散文《跑警报》，生动地记录了那几年的情形。“昆明那时几乎说不上有防空力量，日本飞机想什么时候来就来，有时竟在头一天广播：明天将有二十七架飞机来昆明轰炸。日本的空军指挥部还真言而有信，说来准来！一有警报，别无他法，大家就都往郊外跑。”他写道。

跑警报的时候，联大师生们穿过新校舍北边围墙的一个后门，过一条铁道、一条用浑圆的石块铺成的古驿道，就到了山野。有些人会找一个坟头靠着，有些会钻进古驿道一侧的一片马尾松林，树下一层厚厚的干松毛，大家晒着从松枝间漏下的阳光，仰望着“蓝的要滴下来的天”，还能买小贩的零食。

在汪曾祺的笔下，“跑警报”虽然有些危险，但“并没有使人产生血肉横飞，一片焦土的印象”。因为，“中国人的心理是有很大的弹性的，不那么容易被吓得魂不附体”。

3. 苟利国家生死以，岂因祸福避趋之

就在这样的环境里，夫妇二人的大儿子朱德政出生了。

当时的国民政府比较重视教育，蒋介石拨专款保证西南联大师生的生活。所以，一家人能做到温饱无忧。“不能算好，也不能算特别差”，杨岫云说。对于战争中的普通人来说，这样就很能让人满意了。

毕业后，朱亚杰先是被分配到了江西一所学校教授化学，后又经朋

友介绍回到昆明，一边从事化学科研工作，一边备考留学，希望能够延续自己的求学梦。

抗战结束后，他以冶金专业榜首的成绩，考取了国民党教育部公费留学，赴英国曼彻斯特工学院攻读化学工程研究生。1949年，摇摇欲坠的国民党政权默默地把驻英使馆撤走，第三年的学费没了着落。朱亚杰只能放弃攻读博士学位的愿望，半工半读受聘于英国西蒙卡夫化工厂设计公司，任副工程师。翌年，聘用期满，公司赏识朱亚杰的才华，许诺高薪续聘十年，并承诺可以帮助把妻儿一同接来英国居住。不过，他婉言谢绝了。

当时，朝鲜战争已经爆发，英国老板对他说，“如果英国参战，你很快就可能成为战俘，到时候后悔就晚了。”但依然无法动摇朱亚杰回国的决心。其实，不只朱亚杰，当年，“放弃国外优越生活，毅然回来建设新中国”的相似故事接连不断地上演。钱学森、邓稼先……青年精英们怀着质朴的理想，回到了在他们看来充满希望的故土，希望建设一个美好的新世界。“苟利国家生死以，岂因祸福避趋之。”这是那一代知识分子的普遍情怀。

在爱国华侨的帮助下，朱亚杰在当年11月回到北京，担任母校清华大学化工系教授。

在他出国的三年里，杨岫云带着三个孩子回到了江苏老家，很长的一段时间里，她无法找到工作，只能靠家里的接济维持生活。

她坦言，自己很想念丈夫，但并没有让思念之苦淹没自己的生活，因为自己的性格“乐观，听天由命”。

1952年，全国高校院系调整，民国时期的教会学校和一些综合类大学被拆分，仿照苏联教育模式成立了许多专业技术类院校。朱亚杰因此被调离清华大学，授命参与组建北京石油学院，也即后来的中国石油大学。杨岫云也跟随丈夫来到了石油学院，进入附属幼儿园负责儿童保健。大儿子朱德政则被北京最好中学之一的清华附中录取。

南渡后，北归来。就这样，国家进入了新的时代，一家人也开始了新生活。只是，不管是国家和个人，并没有从此一帆风顺。

4. 朱教授变成了羊教授

50 年代，朱亚杰的事业“如鱼得水”。作为北京石油学院的开创人之一，他对学校初期的专业设置、教学计划和课程安排倾注了大量心血，很多事情都亲力亲为，被师生调侃为“不管部部长。”

他还创建了我国第一个人造石油专业，担任教研室主任，写成《人造石油工学》，培养出了一批石油科技人才。在 1960 年大庆油田开发前的数年里，我国的人造石油产量从 1952 年的 25 万吨提高到了 90 多万吨，给新中国的工业发展输入了急需的血液。

1963 年，朱亚杰出任北京石油学院副院长。1966 年 5 月开始，“文革”风暴席卷全国，校园里飘起漫天的大字报，荒诞与暴力成了正义。他瞬间从德高望重的教授变成了“反动学术权威”。夫妻俩被勒令在两个小时之内搬到石油学院大院里的一个临时工棚——“最简陋的茅草屋”。接着，他在游街、批斗、“黑帮”劳改队和学习班中熬了一年多。

大儿子朱德政当时已经在煤炭科学研究院参加了工作。面对“文革”的疯狂，他“冷眼相看”，依然定期去探望住在“牛棚”里的父母。大家给他父母贴大字报的时候，他也从没参与过，在那个时代，这样做也是需要勇气的，有很多的人都靠通过对落难亲人的疏远、批判来表达自己的政治态度，一方面是出于狂热，另一方面也是保护自己的一种方式。

“我没有另眼看待过父亲和母亲。”朱德政说。有一次，朱德政去看石油学院的一个展览，展出对“走资派”“反动学术权威”等抄家而得的“革命成果”。到了父亲的“展区”，他只看到了墙角的一个桌子，桌子上摆了一个断线的电话。

那是抄家的时候，造反派在家里找来找去，没有找到什么能证明错误政治立场的东西，就指着这电话说：“你凭什么用电话？”让他把电话拆了。拆了之后，露出桌子的玻璃下面贴了一张朱亚杰在英国念硕士的证书。造反派说指着说：“你看，那上面没有一个中国字，全是洋文，就是洋奴。”朱德政一看，“抄了半天家就这么点东西？”所以他心里也明白了，根本就没什么问题。

1969 年，北京石油学院响应中央的号召向京外搬迁，改名“华东石油学院”，朱亚杰和杨岫云又随学校来到了山东东营。

朱亚杰在这里被下放到了农场放羊。每天，挥着鞭子把羊群赶出去吃草，天黑时再赶回来，当时有年轻人开玩笑道，朱教授变成了“羊教授”。在那些艰难的岁月里，杨岫云也被迫离开了原先的工作岗位，只能扫地、放羊，好在她一直陪在丈夫身边。丈夫的情绪一度苦闷压抑，杨岫云就不断地安慰、鼓励他。“又不是你一个人挨批斗。”她说。其实，她的心里也感到无可奈何，但轻易不在家人面前表现出来。

“那时候，真是不把人当人看呀。”她说，“但我相信一切都会好起来的。”

“文革”也波及到了两人的孩子们，尤其是小女儿。因为高考被取消，被打倒的父亲又无法在工农兵学员的推荐过程中给她帮助，所以，即使她成绩优异，最终还是被挡在了大学门外，让一家人非常遗憾。

5. 有权有势时弓着身子拉车，落魄潦倒时直着身子走路

“有权有势时弓着身子拉车，落魄潦倒时直着身子走路。”朱亚杰的同事曾这样评价他。

寒冬渐渐过去了。1971 年，国家决定恢复招收工农兵大学学员，朱亚杰因而回到了教学岗位。翌年，尼克松访华，中国与西方的关系渐渐缓和。他开始作为特邀专家，奔赴国内各大炼油厂协助安装外国进口设备。当时，辽阳化工厂从法国进口了一套乙烯裂解炉，说明书上注明热效率是 83%，但经朱亚杰核算后，发现只有 81%。面对这样的结果，法国厂商颇为惊讶于中国竟然有人能算出这套炉子的热效率，也不得不承认提高 2% 是商业需要。

“文革”结束后，朱亚杰很快被平反，所有的待遇、职位被恢复，1980 年，他当选为中国科学院学部委员（院士）。“有人在‘文革’中说我父亲什么本事都没有，却任了这么多职，但是他‘文革’后所有的职位都比以前高。”朱德政说。

朱亚杰感到东营的环境并不能适应石油学院的发展。“都是盐碱地，招研究生人家都不来。” 1979 年，研究生部拟招收 45 个学生，报考者却只有 35 人，合格者只有 5 人。因此，他向中央打报告，申请在北京另建研究生部，点名让一些教授再回来。

就这样，朱亚杰先后参与创建北京石油学院、华东石油学院和北京研究生部。后来的中国石油大学的一位领导评价：“没有朱院长，就没有中国石油大学的今天。”

1986 年 7 月，朱亚杰作为中国氢能源协会主席，率团代表中国赴奥地利维也纳参加第六届世界氢能会议。招待会上，42 个国家和地区代表

团的旗子悬垂在大厅里，朱亚杰发现，代表中国的竟然是台湾当局国民党的旗子，他立刻向会议主办方提出抗议，“必须立即把台湾当局的旗子撤掉，否则我方就集体退场”。主办方查询后得知是工作人员缺乏国际政治知识造成的，立刻换掉了旗子，并在祝酒词中对此事表达了歉意。

在职业生涯的暮年，他开始提醒人们注意能源和环境危机，并把大量的精力转向了氢能等新能源的研究。“煤炭的无节制的直接燃烧（工业与民用），对环境保护和人民健康带来了严重的危害。”他曾在1989年的全国新能源会议上说。作为中国新能源研究的奠基人，他率先上书国务院，希望将新能源列入国家战略，并在1990年主持了我国第一个新能源国家攻关计划。

在1996年他病危时，因插着呼吸机管子不能说话，他还是不忘用笔嘱咐将要出国进修的博士生注意考察国外新能源研究。“早日学成归来报效祖国。”

“朱先生是一个‘不缺钙’的，有骨气的知识分子，始终关心着国家前途、民族命运和社会的进步。”他的一位学生评价他。

确实，20年后，席卷中国的严重雾霾验证了朱先生当年的忧虑和先见之明。

6. 慈祥得像一本经书

杨岫云的一生是相夫教子的一生。先是追随朱亚杰先生到清华大学医务室工作，在朱先生调到石油大学参加研究生院筹建工作后，杨岫云又调到石油大学校医室任产科大夫。1965年开始在校幼儿园担任保健医生，期间跟随丈夫到东营，又回到北京，共同经历生活的跌宕起伏。

杨岫云80岁

她很喜欢幼儿园的工作，喜欢跟孩子们待在一起。孩子们也都很听她的话，跟她撒娇，想博得她的喜欢。

20世纪50至70年代出生的石油学院子弟很多都受过杨岫云的爱护。朱德政回忆说，她对待小孩子总是有很多办法，比如小孩儿的嗓子卡了鱼刺，她总是能很快地取出来。连打针这种孩子们最怕的事情，只要杨大夫在，孩子们都乖乖地听话；而其他大夫在时，孩子们就乱得翻了天。曾经有一个孩子，周末突然生病，去医务室打针，发现打针的不是杨大夫，又哭又闹，不停地埋怨杨大夫不在身边，“臭杨大夫”，“臭杨大夫”……晚辈有人曾说，杨岫云“慈祥得就像一本经书”。

杨岫云说，先生的身体从来就没有好过，她总是像照料孩子一样照料先生。步入晚年后，朱亚杰身体的问题越来越多，杨岫云便把越来越多的精力放到了照顾丈夫上。65岁的时候，她本想继续工作，但听从了学校领导的建议，离开了幼儿园。

在丈夫住院、动手术的日子里，纵然她也已是83岁的高龄老人了，但仍然非常耐心地24小时陪床，谁劝都不听，事必躬亲，对丈夫无微不至地照顾，承担了家中里里外外的事情。朱亚杰80寿辰的时候曾对大家说，他感谢妻子，他的身体之所以能维持到现在，跟妻子的悉心照顾是分不开的。

7. 当他的学生是很难的

朱亚杰和杨岫云曾送给自己的儿女和孙辈们六个字的“朱子家训”——立志、立信、立行。立志即立报国之志，立信即讲信用、有自信、忠于自己的志向，立行即要有行动、不尚空谈、踏实做事。

虽然写了家训，不过大儿子朱德政说，父母从未把孩子们叫在跟前，就这么训一顿。更多的是身教，几个孩子都很自觉，较早地开始独立发展。

在报考大学时，朱德政曾经咨询父亲的意见。没想到，朱亚杰说，“你就自己看着选吧”。朱德政没有被第一志愿清华大学录取，调剂进入了北京矿业学院采煤专业。矿业学院跟石油学院面对面，他在教室听课，窗外就能看到父亲的办公室，就这么方便的情况下，因为学业繁忙，平时一个星期也回不了一趟家。

宽松的家庭教育环境使他得以充分发展自己的兴趣。在校期间，他被选入学校射击队，并成为队长，连续五届获得全国高校射击冠军。毕业后，他还进入北京市射击队集训一年，备战 1959 年第一届全运会。

在学业上，他继承了父母的特质。“我在学校里学习其实不是特别认真，经常去打枪，但在毕业论文答辩的时候，我站在台上一讲，一回答老师的问题，老师就说，别答辩了，走吧，通过了。就这样拿了毕业论文最高分。”他说。作为高级知识分子家庭，他们的生活相当朴素，儿女们常常穿带补丁的衣服，有时候会被人说，“你这穿的哪像大学教授的孩子”。

朱德政上大学的时候，一个月生活费有 20 块，其中 12 块 5 伙食费，零花钱 7 块 5。然而，就是这 7 块 5，他也舍不得花，毕业后还攒了一笔钱。后来，家里面买电视，钱不够，他就把这些钱又给了父母。

“没什么可花的，主要是艰苦朴素。”他说。毕业后，他进入了煤炭科学研究院从事煤炭井下机械化开采研究，在工作中继承了父亲对科学精益求精的态度，一步步成了这个行业的权威。很多研究项目要审批，只要挂上他的名字，就会获得一路绿灯。“搞研究就是，不断探索新的东西。”

他曾研究出一套综合采煤设备，工作效率与当时的通用设备相同，花费却降了不少。

80年代，他开始探索借助计算机编程辅助煤炭开采，那个时候，还没有几个中国人听说过计算机，更别说编程了。

“有人说，我就靠着我父亲，我就说，这是胡说，我工作上没沾家里一点光，从来不走后门，都是我自己一点点闯出来的。”他说，“如果靠我父亲的话，我就不会在这一行了。”

退休后，他不断被返聘，直到75岁才为了照顾母亲杨岫云正式离开工作岗位。

虽然对子女的管束宽松，但朱亚杰对学生的要求却非常严格。“我父亲是有点脾气的，他以前带了一个学生，写的毕业论文，他一看写得不合格，就说‘不行，重写！’就给退回去了。”

1971年，他重回讲台为工农兵学员上课，那时候正是“白卷英雄”式的时候，知识分子地位极低。他看到学员们参差不齐的文化水平，亲自重新编写教案，从中学化学开始教起。

另外，他坚持一个星期进行一次10分钟的测试，遭到了很多学员的强烈反对。助教劝他重新考虑，“您敢考他们？”

他说：“要学，就要考，其他我不考虑。”他对于教学的一丝不苟使大家普遍觉得“当他的学生是很难的”。而事实证明，严师出高徒。他带过的很多学生后来都成了博士、教授，在各个单位担任领导工作。

1997年，朱亚杰辞世。

他的责任感和家国情怀在杨岫云和孩子们的身上依然可以看到。2016年，年迈的朱德政和更加年迈的母亲相处谈论的话题中，“国际国内形势”占了不小的比例。

"前几天卡斯特罗去世，美国大选特朗普上台，我都跟她说了。"朱德政说。

朱家已经四世同堂，晚辈们生活在全国各地，或是移民国外，留在北京的不多。过年过节的时候，留在北京的家人会一起吃饭，石油大学的领导、同事每年过年都会来探望一次。上海、沈阳的家人近两年也回来过。

"她的朋友多着呢，石油大学、清华大学的，十几年前还来来往往的，现在谁也动弹不了了。"

8. Buy my flower

暮年，老人住进了养老院，每天很有兴致地在养老院跟其他老人一起唱歌，很多都小她二三十岁。这是一家有100个床位左右的精致养老院。厅内陈设以温暖的棕黄色为主，窗下是干净的木地板，墙上挂着检测老人们各项身体数据的显示屏。一位老人正坐在墙边的立式钢琴前，刷刷地抚弄着黑白琴键和乐谱。

103岁的杨岫云戴着眼镜，安详地端坐在轮椅上，也并没有想象中百岁老人的衰老之态。看着来访者，她的脸上总是挂着慈祥的微笑，说话很有气力。更令人惊诧的是，以这样的高龄，她竟然还能一字不落地背诵孙中山遗嘱，"也叫总理遗嘱"。她温和地告诉来访者。

她的大儿子朱德政坐在旁边，也已经78岁了。几乎每天上午，他都会骑着自己的黑色二八大自行车来养老院陪着妈妈，跟她讲家里和社会发生的新鲜事，陪着她唱歌、吃饭、看电视。

"她现在的脑子很清楚，身上也没什么大毛病。"他说。 老人们有

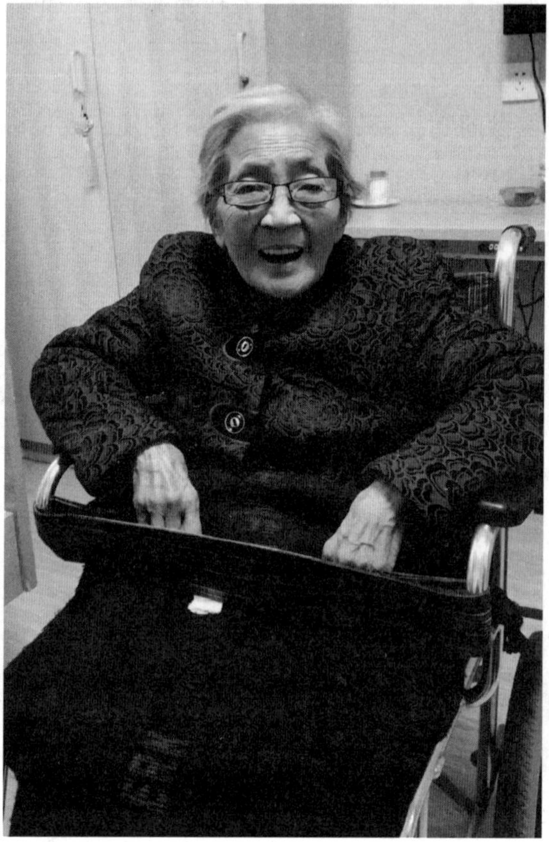

杨岫云 102 岁

时候会唱一首歌，原歌是英文写成，杨奶奶年轻时就学会了。后来，这首歌失传，她却一直没有忘，儿子朱德政自学音乐后，整理记录了下来，并翻译成中文，教给了养老院其他老人。

“Buy my flower（买我的花）……”她坐在轮椅上，依然能够缓慢清晰地唱这首久远的英文歌。

活到一百多岁的黄埔老兵

1. 弯转多变的身世家庭

1914 年农历 4 月 5 日，长沙县金井镇一个饶姓贫苦家庭诞生一个女儿，这就是后来的郑淼（又名郑慧庄）。

因为贫穷，郑淼在孩童时被送到当地大户郑家当丫鬟。这个郑家有个女儿参加了中共的地下党，搞学潮，被逮捕入狱受到摧残，出狱后觉得自己命将不久，就叮咛自己的母亲，让把这个饶姓丫鬟当女儿培养，以代自己侍奉母亲。这样饶氏就改姓郑了，这就是郑淼。郑老太太将郑淼视若己出，供郑淼读书识字。从饶家女变成郑家女，这是郑淼生命的第一次转弯。

2. 作为黄埔学员，参加了湘北保卫战

23 岁那年，国民党统治时期，开始恢复实行乡保甲制度，并将乡保甲作为县以下的基层行政组织。郑森曾在村里当过保干事，从事文书工作。为打仗需要，国民党从村民中抽壮丁，家有三个孩子的得抽一个，五个孩子的抽两个。郑森就设法将一些儿子多的家庭的孩子写到其他没孩子的家庭名下，这样当地一些家庭就躲过了被抽壮丁。

有一次，国民党某部队路过金井，在郑家大屋驻军休整，有个连长见郑森懂文化，又年轻，有培养前途，就鼓励她去考军校。郑森很感兴趣，就报考了战时干部训练三团，在江西于都编入政训总队女生队，随后在瑞金编入黄埔军校第三分校 16 期。经过两年的学习，郑森已经成为一名合格的黄埔军人。毕业后被分配到 36 军 2 师政治部，担任宣传保密干事。她于 1939 年 9 月参加了湘北会战。

这次战役是继第二次世界大战在欧洲爆发后，日军对中国正面战场的第一次大攻势。日本为达到对国民政府诱降和军事打击，集中 10 万兵力从赣北、鄂南、湘北三个方向向长沙发起了进攻。第九战区代司令长官薛岳为保卫长沙，采取以湘北为防御重点，“后退决战”“争取外翼”的作战方针，调动 30 多个师和 3 个挺进纵队，共约 24 万多人参加此次战役。战役中，中国军队共毙俘虏日军 2 万余人，炸毁日军飞机 20 余架，中国军队伤亡 3 万余人。郑森在战役结束后，从少尉升为中尉。

1942 年，郑森被调到衡阳的后方医院，从事宣传工作，同时也协助救护伤员。在医院工作期间，她介绍老家一些村民到医院工作，既满足了医院的招工需要，也为当地人谋了出路。

郑森在衡阳的医院工作时，认识了中央直属手术医疗队第二手术组

的外科医生易泰临，两人情投意合，结为夫妇。

1943 年生下儿子易岳衡。

3. 回到家乡当农民种地

1944 年，衡阳失守，医院撤离。因丈夫后背受伤致残，无奈，夫妇俩几经辗转回到老家金井。为解决生计，郑淼开办私塾教书，一来可有些收入养家，二来可为村里孩子普及文化。

1946 年生下女儿易俊超。郑淼共怀过六胎，除了一儿一女，其他均夭折。儿子易岳衡，育有三个女儿一个儿子。

1949 年新中国成立，老家开设公办小学，私塾就停办了。公立学校让郑淼去代课，但工资低，不够养家，她就回家专心种地了。由于丈夫抗战期间受伤致残，无法从事繁重的农业劳作，家庭劳动的重担就落在了郑淼的身上。

由于以前曾经对村民们有过很多的帮助和提携，以及在教书阶段与村民的融洽交往，积累下很深的情谊，到了后来土改、“文革”的时候，使她的家庭没有受到太大的冲击。

据女儿回忆，母亲郑淼务农非常认真。播种麦子时，郑淼用竹竿量株距和行向，种出的麦苗整整齐齐。别人都觉得这样劳作太费事，但郑淼仍坚持这么做。对女儿的教育也很严格，有一次，女儿易俊超扫地时没把磨盘底下扫干净就出去上学了，郑淼发现后把女儿从半路追回来，让她必须扫干净了才能去读书。土地改革时，给他们家划的成分是“小土地出租”，这个比较低的成分可以躲过很多麻烦。

郑淼母亲家有土地，郑淼就说母亲把一半地给自己当嫁妆了，立了两个户主。这样，两个户主都划成“小土地出租”，不算地主。如果被划为地主的话，后果会很严重。

土地改革中，除了土地重新分配，划定成分，还要把以前收的租退给农民。有个叫余旺芝的农民，认为郑淼退租时退少了，就把她绑起来。郑淼发誓自己没有算错，后来余旺芝终于算清楚是自己搞错了，就向郑淼道歉。郑淼接受了道歉，后来两家还经常走动。

“我母亲不记恨人。”女儿易俊超后来回忆说。

“我父亲是江苏南京人，虽然是因抗战致残，但因为身份的问题，在那个年代，生活中难免受到歧视。被别人欺负时，也只能忍气吞声。可父母告诫我们做子女的，‘让人非我弱，容人德自高’。我外婆没有怎么剥削农民，所以，土改那阶段没有怎么挨整。‘文革’阶段，开阶级斗争大会，是属于陪斗对象。”

因为郑淼的历史背景和成分原因，他们被划为21种人，而子女是“可教育好的子女”。1962年女儿易俊超有机会当老师教书，因政审没通过没去成，儿子易岳衡比较能干，村里要清账什么的，会计都带着他去，但是不能让他当干部。由于表现良好，入了团。

4. 到北京当保姆

1955年、1956年这两年间，家庭生计特别困难。经亲戚介绍，郑淼去北京谋生。1955年去过一次，待了一年。1956年第二次去，户口也迁过去了，一直到1967年因为“文革”，被清退回来。

在北京期间，她曾在一个食堂当过短期会计，感觉工资低，就不干了，到亲戚家当保姆，每月领四十块的工资，这对老家人的生计是很好的补贴。

郑淼家庭照（前排左一为郑淼）

她为铁道部工程师郑家沛带大了六个孩子，并照顾了从上海退休在北京前井胡同定居的郑家朴夫妇。从“文革”被清退回来后，就与北京亲戚断了音讯。

在北京做保姆的十多年期间，郑淼与女儿经常书信往来，她会在女儿的来信上做批改，要求语句通顺，连标点符号都不能错，就当批改作业。

1977 年农历四月初三晚上，老家房屋倒塌，儿子易岳衡被砸死。四月初五是郑淼 63 岁的生日，也是她儿子出殡的日子。遭受丧子之痛，郑淼好长一段时间悲痛哭泣，视力受到极大影响。一年后，她儿媳带中间两个女儿也改嫁了，郑淼就照顾剩下的两个孙女、孙子生活，并承担起教育他们的责任，直到他们长大成人。

中国共产党早期领导人张闻天的妻子刘英原名郑杰（革命阶段改的名字），按辈分称郑淼为姑姑。刘英与郑淼的雇主郑家朴是堂兄妹，郑淼在北京照顾郑家朴夫妇时，刘英与郑淼经常见面。后来刘英受丈夫张闻天牵连，被迫害。

1985 年，刘英平反后回乡省亲时找郑淼，但郑淼却带着孙女躲起来不见刘英。郑淼深知刘英新的政治生涯来之不易，她不想自己的国民党身份给别人带来任何麻烦，甘愿过清贫而安宁的日子。

1986 年，郑淼的丈夫易泰临病逝，享年 73 岁。

5. 作为抗战老兵被认同和肯定后，三天三夜没有睡觉

1989 年，郑淼加入湖南省黄埔同学会。当年的黄埔老兵们通过同学会逐渐联系上了，听说有老同学生活困难，郑淼总尽己所能予以帮助。听说一位新邵县同学年老多病，没地方住，郑淼就住到孙女家，把自己

的家让老同学住了一年多，还给同学所在的地方政府统战部门写信，申请给予同学困难补助，使问题最终得到解决。

郑淼90岁时还能看报纸，大概在93岁时眼睛看不清了。后来身体越来越差，坐上了轮椅，听力也逐渐衰竭。2008年时郑淼已95岁高龄，行动不便了，就随女儿女婿一起生活，由其照料。医生诊断，当时的心跳、肠胃还可以，但嚼不动东西了，吃不了面条、米饭、蔬菜，只能吃流食。

之后的日子里，女儿将馒头做成面糊糊，里面混合十几种东西，用豆浆机打碎，做成流食，维持生命。

2015年，是中国抗战胜利70周年纪念，海峡两岸对当年的抗战老兵都给予了崇高的表彰和敬意。郑老也接到了中共中央、国务院、中央军委颁发的抗战胜利70周年纪念章和一万元困难补贴。

郑淼（2015年）

当郑老的女儿易俊超向郑老报告这个消息时，郑老激动得泪流满面，她说“以后再也没人说我是叫花婆了！……”

因为过于开心激动，情绪过度兴奋，以致精神异常，三天三夜睡不着，住院五天才恢复正常。过了几天又第二次发作，又经五天五夜没睡觉，再次住院九天。女儿易俊超说，医生认为这不是神经错乱的精神病，而是脑衰后过度兴奋引起的精神病，不能过度用药。于是就是给母亲吃一些安神的中药饮剂，每天一支，每月两盒。如果发作厉害了，就给吃点安定片。一直坚持，慢慢情况有所好转，不再轻易发作了。

2017年，郑淼双目失明，听力也严重障碍，几乎无法与外人交流。

郑淼年轻时喜欢吹笛子，也爱写文章。但如今家里什么也没有留下。在“三反五反”“文革”那个特殊的历史阶段，作为留在大陆的国民党员身份的郑淼，为了不给家人惹祸，将自己几乎所有的资料、证件都销毁了。她平时也不跟子女说以往的事情。到女儿结婚时，她才拿出珍藏的一把中正剑，交给女婿做赠物。但女婿胆子小，不敢保存，就扔掉了。

家里唯一留下的历史文字，是1990年她在丈夫遗照背后，用毛笔写的丈夫易泰临的生平。

伊莎白 · 柯鲁克

伊莎白住在位于西三环的北京外国语大学。在这栋灰色老旧的家属楼里，她已经生活了 62 年。家里的装修很简朴，最显眼的就是每个屋都有的大书柜，里面有琳琅满目的中英文书籍和主人的生活照。墙上挂着周恩来画像和字。

她持有英国、加拿大双重国籍，却在一个世纪中，有 90 多年都在中国度过。作为一名人类学家，她深入农村，记录了 20 世纪中国社会变迁的细微图景；作为一名英语外教，她与丈夫参与创办了北外，拓荒新中国的英语教育。“我很高兴能在中国度过大半生，如果当年选择留在加拿大，我就无法经历这一切。”她说。

1. 军阀和红军的标语

1915 年，伊莎白出生在成都，父亲饶和美 (Homer G. Brown) 和母亲

饶珍芳 (Muriel J. Hockey) 都是加拿大人。夫妇二人在民国成立之初来到中国，参与创办华西协和大学，准备通过教育来实践济世理想。这是中国最早的综合性医学大学，也是中国现代高等医学教育的发端之一，是成都乃至中国西部所建立的第一所现代化意义的大学。抗战时期，这里成为保存、延续中国高等教育命脉的圣地之一。这里是我国牙科学的发源地，其文理哲各科在当时的西南地区也是处于顶端的位置。

在她四五岁的时候去了加拿大，1921 年中国共产党建党那年她回到中国。那个时候要坐船，先从上海坐船到重庆以后还要到成都，坐在纤夫拉的船上。从重庆到成都路途要 10 天，坐船也是 10 天，坐滑竿什么的也是 10 天。

回忆 6 岁回到成都以后上小学的时候，伊莎白说，那个时候有军阀，还在混战，成都地区两个军阀对抗，一个把另一个赶出去了，当时她们到外边玩还能捡到子弹壳，就像集邮一样。有一次，她遇见了三位军阀太太，被她们请去家里做客。她清晰地记得那三间卧室几乎一模一样，墙上都挂着同一位丈夫的肖像。

在成都的时候，为了躲避闷热潮湿的天气，父母在暑期会带着女儿到川西凉爽的山区里游玩。那里有很多少数民族，在那里，她接触到了藏族、羌族等少数民族的村落，内心里渐渐产生了对农村、对人的兴趣。

高中毕业以后伊莎白回到加拿大去上大学，1933 年在加拿大多伦多大学获得文学学士学位。刚上大学的时候还没有什么政治观念，正好是 30 年代初德国法西斯纳粹正在崛起，她当时也没怎么看新闻报道，后来偶然在宿舍里看了一份报纸，讲了西班牙内战爆发，她很感兴趣，以后就开始看报了。

西班牙内战爆发于 1936 年 7 月 7 日，由共和国总统曼努埃尔・阿扎尼亚的共和政府军与人民阵线左翼联盟，对抗以弗朗西斯科·佛朗哥为中心的西班牙国民军和长枪党等右翼集团；反法西斯的人民阵线和共和政府有苏联、墨西哥和美国的援助，而佛朗哥的国民军则有纳粹德国、意大利和葡萄牙的支持。因为西班牙意识形态的冲突和不同集团的代理战争，使西班牙内战被认为是第二次世界大战发生的前奏。

在父母的要求下她硕士读了儿童心理学，1938 年获得心理学硕士学位。硕士毕业后，如果伊莎白选择留在加拿大从事儿童心理工作，那她的人生可能完全是另一个模样。但少年时代在成都的经历让她对人类学更感兴趣，她最终选择毕业后回到战争硝烟四起的中国，在那里做人类学研究。她到了四川阿坝理县的嘉绒藏族村落，跟村民同吃同住，一起跳舞、生活，还向他们学习纺线。她发现村民依然在用最原始的手工纺线，就特地去成都买了一个纺车带回来教大家用。直到晚年，她还能记得纺线的动作。

后来她来到一个少数民族地区，离汶川不远的一个地区去做社会调查。她到羌族山寨的路上，那个时候要走五天，在路上沿岷江而上，看到一些标语，她一打听是当时红军长征经过那里的时候写的一些标语，她记得一个是打倒当时的一个军阀。因为她爸爸那个时候在华西协和大学里任教，他们也学中国的文化，认识了一些少数民族，通过他的介绍她住在一个藏民的家里。住到这个村里以后，她感觉特别奇怪，为什么村里的人躲得远远的不到这家来，为什么他们都回避这一家？后来有一个汉人在那里教书，揭了底，她才知道是怎么回事。原来这家有这么一段经历，那家的主人当时经常给当地的政府做一些事，为了讨好当局，他想骗红军。长征的时候找到红军，说欢迎到我家里来住。红军住进了以后，那家主人就组织了一些人攻击他们，想杀害红军，结果他没预料到，红军都有准备，没有得逞，反倒他的一些亲戚被红军杀了，后来人们都怨他。这时候她开始对共产党、红军了解到了一些，思想也有一些转变。

2. 二三十年代中国乡村的记录

20世纪二三十年代，中国的很多有识之士都选择来到农村，希望改变那里贫穷落后的状态。

以梁漱溟、晏阳初等知识分子、实业家为领袖，他们发起了“乡村建设运动”，办教育、办农业合作社，兴修基础设施。

伊莎白在离开藏族村落后，和同伴来到了四川理县的兴隆场（现在叫大兴镇），参加了一个乡村建设项目。这个项目一个是组织合作社，准备帮村民开办一个盐业合作社，一个是做田间调查。她和同伴走访了1497户人家，挨家挨户地做，一组四个人，她是唯一的外国人。住在乡里一年之后她深有体会，一大半的穷苦农民的经济状况非常紧张，日子很不好过，时刻面临着各种危机。

虽然伊莎白对当时农村的现状很不满，但是那个时候她主要是和平主义，不赞成暴力斗争。

盐业合作社项目是希望通过组织村民入股、批发等方式，降低用盐成本。但这一举动触怒了原来的食盐垄断商“三爷”，他也是当地秘密会社（哥老会）的成员，一个鸦片贩子。伊莎白把这个人形容为“evil man（坏人）”。他也假意成立了一个合作社，要求佃户入社，佯称不交钱就可以占股，并宣传内迁的外来人如何不可信。村民们本来就对像伊莎白这样外来的精英心有隔膜，这样一来就更不敢加入了。合作社随之流产。

饶和美夫妇为即将赴农村进行社会调查的伊莎白送行

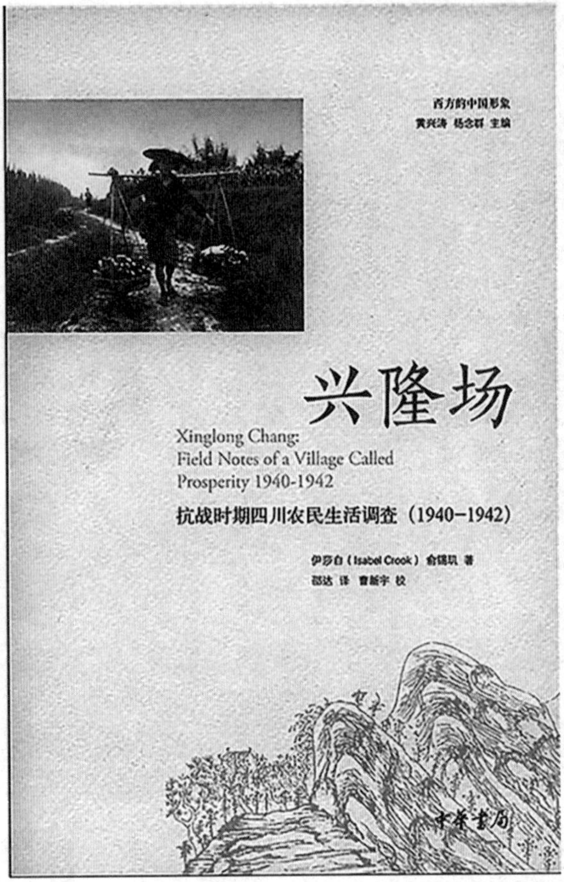

她记录了大量的一手调研资料，后来整理出版了《兴隆场》一书，这本书被誉为与费孝通先生的《江村经济》齐名的中国人类学著作。她并没有简单地画几个框，然后把人们塞进去，然后称之为“阶层”，而是着力细微地探寻每个人的生活状态。

她记录了一种村民间解决矛盾的活动——“讲理”，就是说，有纠纷的两个人会在镇上的茶馆门口公开辩论，村民们，尤其是德高望重的人一边当围观者，一边充当“仲裁者”。也记录了朴素的驱鬼崇拜、哥老会、吸鸦片、童养媳、种稻米等具体而现实的农村生活。在这里，每个人都有自己的精气神，每个人都想方设法让自己过得更好一点，但整体上，“底层农民处于困境之中，经济状况非常紧张，时刻面临着各种危机，对现状不满。”她说。她在思考造成农村贫困的根源，试图寻找一个真正有效的解决办法。

这时候，她在成都遇到了大卫·柯鲁克，一位英国共产党员。共同的志趣让他们俩很快坠入爱河，也让伊莎白的思考有了归宿。

3. 一个对中国革命产生兴趣的犹太年轻人

大卫·柯鲁克出身于一个英国小生意人家庭，父母都是犹太人。18岁时，他只身奔赴美国，试图在那个“自由之国”出人头地。

然而，他来得很不是时候。6个月后，华尔街股票大跌，大萧条席卷全国。他只能在一个最底层的毛皮厂干活，每周挣15块钱。他目睹了底层工人既没有尊严也没有面包的悲惨生活，便自然开始亲近左翼思想。他勤工俭学进入哥伦比亚大学读书，在那里，他遇到一群共青团员，带他去参加了一次矿场工人的罢工，结果一行人被抓起来遣送回去。随后大卫就加入了共青团。

他还到肯塔基州的煤矿组织工人运动，并在毕业后加入了英国共产党，成为一名真正的共产主义者。在那个时代的西方，共产主义追求的社会平等、反对剥削吸引了很多像他这样对社会不满且充满了理想主义的青年人。他听从共产国际的召唤，奔赴西班牙参加了“国际纵队”，这是一支由许多国家的工人、农民等为支援西班牙人民反对佛朗哥军队和德、意法西斯武装干涉所组成的志愿军，与佛朗哥领导的法西斯军队作战。

在保卫雅拉玛山谷的战斗中，他腿部中弹受伤。后来，有一首叫《雅拉玛》的歌就是纪念这场战役：“西班牙有个山谷叫雅拉玛，人们都在怀念着它。多少个同志倒在山下，雅拉玛开遍鲜花。”他被送到马德里的一家白求恩所在的医院养伤。其间，他从白求恩那里借到一本斯诺的《西行漫记》，对中国革命开始产生兴趣。

《西行漫记》是美国新闻工作者埃德加·斯诺所作的一部文笔优美的纪实性很强的报道性作品，真实记录了自 1936 年 6 月至 10 月在中国西北革命根据地（以延安为中心的陕甘宁边区）进行实地采访的所见所闻。向全世界真实报道了中国和中国工农红军以及许多红军领袖、红军将领的情况。毛泽东和周恩来等是斯诺笔下最具代表性的人物形象。

1937 年 10 月以《红星照耀中国》由戈兰茨公司第一次出版，在世界引起巨大轰动。1938 年 2 月在上海出版中译本时，由于当时抗日战争已经开始，考虑到联合统一战线等情况，书名改为《西行漫记》。

中译本出版后，在中国同样产生了巨大的反响，成千上万个中国青年因为读了《西行漫记》，纷纷走上革命道路。

大卫·柯鲁克伤愈后，他加入苏联情报机关，被派遣来到中国上海执行任务。两年后的 1940 年，他离开上海，来到大后方成都的华西大学任教。

在这里，他认识了伊莎白，他们一起去农村进行调查，一起讨论社会问题。在大卫的影响下，伊莎白从一个受基督教“福音”思想影响颇深的非暴力主义者，变成了支持革命的共产主义者。当时，柯鲁克对她做的农村调查很有兴趣。由于柯鲁克从《西行漫记》对中共的经历有所了解，便试图影响伊莎白。他组织了几个人去长途跋涉，坐车到雅安，从雅安往山里走。他们一路走一路争论，当时柯鲁克主张社会进步还需要暴力、需要革命，伊莎白主张要非暴力、要和平主义。

最终柯鲁克说服了她，他举了一个例子，假想你患了一种重病，急性的病可以开刀，不开刀病就变成慢性病，受苦受难乐意吗？

柯鲁克在上海的时候日军已经占领上海，他找机会拍摄了包括后来轰炸等残酷的战争场景的照片。在上海，他认识了一个叫贝尔登的记者，经常报道日军侵华的罪行，同时也写了抗日的一些事迹，出了一本书叫《中国震撼世界》。

恰好，贝尔登也和伊莎白等人来到四川，贝尔登告诉伊莎白说，中国有一个了不起的人，贝尔登可能发音不太清楚，后来伊莎白才知道他说的是周恩来。贝尔登跟伊莎白说周恩来这个人很了不起。邀请她到重庆去，然后把她介绍给了周恩来的秘书。

从此，伊莎白的命运就一直和中国共产党以及中国革命连在一起了。

柯鲁克夫妇

1941 年，大卫和伊莎白两人共同探访红军长征路过的大渡河铁索桥，在湍急的河流旁，大卫向伊莎白提出了订婚的请求。理想、爱情，以及对中国的热爱，将两人的余生紧紧连在了一起。

4. 亲身感受和经历了中国一场关于农民和土地的革命

1941 年的时候柯鲁克已经是中共党员了，两人订婚后不久，德国进犯苏联，日本偷袭珍珠港，第二次世界大战全面爆发。

当时的中国是在抗日，在欧洲战场上，当时说是英国和德国的对抗，是帝国主义战争。可是到了 1941 年进犯苏联的时候，共产国际也发出号召，说共产党应该保卫社会主义阵营，凡是盟国的共产党人都应该回国去参军，帮着打法西斯。

柯鲁克说服了伊莎白的母亲，一起去了英国。两人结婚后，双双参军，在共产国际的号召下，共同奔赴欧洲反法西斯战场。大卫参加了英国皇家空军，负责收集日本的军事情报，伊莎白则报名驻欧洲的加拿大女子军团。

在参军之前她在一家兵工厂工作，在这家工厂里她也认识了几个英国共产党员，他们开始组织工人改善工作条件，通过工会的组织形式开展斗争。那个时候因为中国在抗日，很多人同情、支持中国人民的抗日战争。

他们当时组织了一个队伍，即是 1938 年 6 月 14 日在香港宣告成立的“保卫中国同盟”，由宋子文出任会长，宋庆龄担任主席。保盟的目标是在现阶段抗日战争中，鼓励全世界所有爱好和平民主的人士进一步努力以医药、救济物资供应中国。不同的国家有不同的同盟组织，英国也是一样。那个时候伊莎白开始参与了他们的工作，在英国开展宣传支持中国人民的抗战，对英国公众宣传中国抗战。

保盟有一次请她去给当时的共青团组织去讲《西行漫记》的内容，她认识了爱泼斯坦。

还有一个叫克莱格的英国共产党员，后来也是英共国际部中国处的处长，伊莎白和柯鲁克经他邀请也参加了这个组织。

在英国，伊莎白依然不忘关心工人的命运。她试图组织工会，并从最简单的、跟工人生活最息息相关的问题入手。比如，她和同事发现工厂机器需要用油来润滑，而油有异味，工厂却不提供肥皂。于是她们去和工厂主谈判，为工人申请肥皂配给。之后，她们又代表工人争取了一间空房来做休息室。

“二战”后，1946—1947 年期间，伊莎白先后在伦敦经济学院、伦敦大学攻读人类学博士课程，大卫也在伦敦继续学业。然而，就在生活逐渐趋于稳定安逸的时候，他们却决定回到依然战火纷飞的中国。

伊莎白回忆说：“当时斯诺的《西行漫记》在西方非常流行，但这本书出版于 1937 年，有些情况已经过时，于是，我和丈夫想写一本关于中国农村经济和社会变革的书。”

他们希望报道宣传中共开展的农村土地改革运动。1947 年他们回到中国的目的主要是了解、调查和报道中国农村的运动。

回来的时候他们是带着英共的介绍信来的，先坐船到香港，在香港和中国共产党接上头。然后再一路经人介绍到了上海，再到天津，从大运河进入鲁豫边区，来到了当时晋冀鲁豫边区政府的所在地河北十里店村。时任晋冀鲁豫中央局第一副书记、代理书记的薄一波还把自己的英文秘书李棣华派给两人做翻译。

102岁的伊莎白·柯鲁克今天依然记得，1947年12月，他们夫妻俩以国际观察员的身份来到河北省武安市石洞乡十里店，观察和采访了中国共产党领导下的土改复查和整党运动的整个过程。他们以“解剖麻雀”的精神，在十里店住了6个月，与农民同吃同住，真实地记录下中国新民主主义革命的一个重要阶段，亲身感受和经历了中国一场关于农民和土地的革命。

那时候，中国的局势已经和他们走之前大不相同了，共产党在各地发动土地改革，国共战争中，已经有了胜利的迹象，这让他们很兴奋。他们俩被允许参加党员和群众的各种政治学习和“批评和自我批评会议”。在研究中，伊莎白再次发挥了她人类学家的特长，像在四川时一样，她和丈夫事无巨细地记录了村民的日常生活状态。

伊莎白和丈夫穿起土布军装，住进了十里店的老乡家里。工作队进驻之前他们便深入农民家庭，经常端着饭碗蹲在地上和农民一起吃饭，促膝谈心，收集了这个村子1937年至1947年十年的历史情况和封建土地制度变革情况的材料。工作队进驻之后，他们形影不离工作队，密切观察他们的工作，与他们一同参加大大小小的村民集会。白天，他们详细记录发生的一切；夜晚，开会的人群散去，柯鲁克夫妇的小屋透出灯光，打字机噼啪作响，常常整理到很晚。

1959年，柯鲁克夫妇合作撰写的《十里店——中国一个村庄的革命》在英国伦敦出版。20年后，内容更为翔实的《十里店——中国一个村庄的群众运动》于1979年在美国纽约问世。这两部不可多得的历史文献，使西方人有了真实了解中国的土改运动的机会。

土地改革中的中国农民，有犹豫不定的，也有对革命满腔热情的。旧的地主雇佣雇农的土地制度解体了，地主的土地和财产分给了昔日的佃农们。

一切推倒，重新开始。

她描述贫农喝的粥“稀得可以照出月亮”，他们大都没有牲口，“连一根驴毛也没有”。

她关注妇女的解放，注意到有些男人不允许妻子参加妇女协会举行的各种会议。一些妇女之所以当选，“并不是由于她们的政治活动，而是因为她们具有温良、顺从和勤俭的传统美德”。

他们也记录运动中的教训，比如，有些贫农的“诉苦”会为“那些有意报私仇或者沉迷于了结个人怨恨的人提供了一定的机会”。

在当地村民心目中，伊莎白夫妇“是高级知识分子，但没有一点架子”，村民回忆：“他们见到我们总是问寒问暖，平易近人。每天比我们劳动的时间还长。”

1947 年底，第二次来到中国，对太行山脚下的十里店村进行田野调查时的伊莎白 · 柯鲁克

他们在晋冀鲁豫边区的十里店村待了8个月考察土改，那时已经把地分了，但仍然还存在没有土地的农民。中共发现这个问题后认为这里面有问题，先暂停工作，进行调整。调整工作很艰难。慢慢才逐步了解到为什么有些农民没有分到土地，是因为在日伪时期，他们有的人和日本人或者是伪军关系太好，太配合了，没有积极抗日，所以组织者就没给他们分土地。

当时伊莎白分析，为什么有些人抗日的时候表现得不好，不够积极，甚至亲日，很多人也是因为迫不得已，他们有的时候吃不饱还需要借钱，欠着地主的债，在复杂的战争环境下，被日伪争取成为他们的支持者。

通过观察这些运动和结合自己的一些实践，她对很多社会现实有了更加深刻的认识，受压迫的人为什么会受压迫，会如何反应，该怎么翻身，怎么组织，怎么帮助他们不再受压迫。

中国共产党的这些工作使她受到很大的启发。40年代中国农村的工作经验，在当今世界上仍然是有效的，现在世界上很多穷困国家的农民都没有土地。她的一个经验就是，要是不解决经济生存的一些基本现实问题，推行西方的所谓民主是没有什么用的。

根据细致深入的调查，柯鲁克夫妇出版的两本书，成为了研究中国社会革命的经典著作。

从1946年夏天至1948年秋天，在中国共产党领导下的各解放区土地改革同时开始，大约一亿农民从地主和富农手中获得了3.7亿亩土地。

周立波的《暴风骤雨》、丁玲的《太阳照在桑干河上》这两部小说也是反映那个时代最有代表性的文艺作品。

一位名叫威廉·辛顿的美国人也投身于这场被他称为“一生中最想看到，最想投身的伟大时刻”，在参与考察中国的土地改革的18年后，他将当年的见闻写成一本叫《翻身》的经典著作……中国千百年来的封建土地剥削制度终于退出了历史舞台。获得了土地的农民，坚定地站在了共产党一边，两年多内有60万农民参军，6000万人参加支援中共打击国民党的前线战斗。人民战争的威力，在轰轰烈烈的土地改革中迸发出来。

伊莎白和柯鲁克们都是英共，必须有三个党员才能组成支部，柯鲁克出了一个主意，向中共组织反映，能否借个党员给他们，他们好凑够三个开展组织生活。组织上派了两个党员给他们，李丽华是其中一个，后来到北外当校长了，还有李焕山。开始是他们两个英共党员想搞英共组织生活，结果借来两个中共党员，组成了一个两个英共和两个中共的四人小支部。

1948年夏天，柯鲁克夫妇告别了十里店村。本来，他们在研究结束后有机会回到英国或者加拿大。但党的外事部门希望他们能留下来帮助培养外语人才，就这样，他们听从了“组织的安排”，前往石家庄西部一个叫作南海山的村子，那里驻扎着由叶剑英、王炳南直接领导的外事学校，也就是后来的北京外国语大学。这所外事学校几次迁移，几次更名，终于发展成如今的北京外国语大学。而柯鲁克夫妇则成了新中国英语教学园地的拓荒人。

伊莎白说：“那个时候搞这个社会调查，搜集材料都差不多做了8个月，当时负责中共外事工作的负责人王炳南同志找我们，让我们教书，新中国要成立了，需要一些外事工作人员，需要有会外语的。后来我们就留下来参加了一个外事学校，因为那个时候还是战争时代，这个外事学校没有宿舍，也没有校舍教室，老师和学生都分散住在老乡家里，在不同的村落，到了上课时，一般都是在户外的空地上，拿一个老式的立式麦克风，学生们搬着马扎坐在周围。白天正上着课，经常会有国民党的飞机来扫射，大家就紧急躲到事先挖好的壕沟里。叶剑英那个时候是校长，他觉得这样还是不安全，建议白天都疏散到郊野里，晚上再回来。有一天为了躲避飞机扫射，大家疏散到山沟里，叶剑英来巡视的时候就在山沟里和大家一块儿吃了一顿饭。后来有一天叶剑英通知大家，以后飞机不会来扫射了，当时我们都猜测，他怎么就知道飞机不会来了呢？后来知道因为那个时候大战役要开始了，要攻济南了。”

5. 他们相信，这些动乱都是建立更加美好社会的一部分

1949 年 2 月解放军接管了北京，他们率先来到北京，外事学校开始在南海山，最后搬到了良乡，再往北京走的时候伊莎白怀孕了，肚子大了走路不方便，就搭了一个卡车，先到北京，柯鲁克还在良乡，正好赶上解放军入城。卡车一进城，一下车正赶上大队人马前往前门阅兵。很巧，正好看见马海德了，一块儿到前门楼上，当时检阅的有林彪、聂荣臻等。那次入城检阅了 6 个小时，被检阅的还有很多是缴获的物资什么的。

1949 年进北京的时候，6 月 30 日毛泽东在中共建党纪念日前夕做了一个讲话，说这是我们万里长征走的第一步。当时伊莎白和柯鲁克都觉得主席怎么这么谦虚，现在几十年过去了，看到建设社会主义确实是个漫长的过程。

外事学校当时迁入了之前的日本兵营，就是现在的北京市委大院。过几个月开国大典的时候，周恩来邀请柯鲁克夫妇和其他国际友人来到天安门，当时没有检阅台，搭了几个木板，还搬了一些藤椅、竹椅什么的。开国大典时，在长安街边临时搭起的木质看台上，她抱着刚出生 6 个月

的儿子目睹了新中国的成立。

“真是太了不起了！”她说，“后来的北外校址是周总理给找的地，也就是现在魏公村的校园。建了一个新校舍、一个办公楼、一个筒子楼，筒子楼做宿舍楼，有朝南的朝北的，凡是党员住在北向的屋，我们很高兴接受了分配，住朝北的见不到太阳的房间。”

在北外，他们和同事们进行了很多教学实验，用伊莎白的话说，就是鼓励学生们把英语“说出来”。

进京以后柯鲁克负责英语系的工作，系主任是个民主人士，叫作楚大高，后来发动“三反五反”运动时，党员要先下水，柯鲁克下水了，参加了运动。经过一番自我批评，最后得出结论，柯鲁克是辛辛苦苦的官僚主义。后来外事学校搬到了西苑，在那里开一些党的大会，组织选举什么的，柯鲁克当了英语系的支部委员，后来报到外交部经过审查觉得不是中共党员，是英共，最后就刷下去了。

三年困难时期，伊莎白夫妇主动提出削减工资。组织上考虑了他们的要求后，将工资减半。工资减半后，对于要抚养三个孩子的伊莎白夫妇来讲，可想而知生活的艰难。伊莎白回忆说，当时听说杨树叶有营养，他们就采集杨树叶回家，蒸了后晾干，然后磨成粉吃。后来辟谣说杨树叶没有什么营养。

“文革”中，北外也发生了严重的动荡。被打成“资产阶级当权派”的学者、党的官员以及其他人士被押到会场，在大批群众面前接受“批斗”。

伊莎白和丈夫也受到了冲击。柯鲁克先被关在地下室里。刚开始，家人以为几天或几周就会被放出来。孩子们不停地到不同的政府部门，寻找父亲被关押的地方，希望给他送一些阅读材料或者他喜欢吃的东西。

由于柯鲁克在“二战”中做过情报工作，所以被诬陷为“国际间谍”，在秦城监狱关押五年零一百天之久。柯鲁克刚入狱时，伊莎白赶去探望，给丈夫送去了四卷《毛泽东选集》。她说相信那是一时的错误，一切都会过去的。

伊莎白本人也被不断地揪去审问，后来她也失踪了，被隔离审查三年，全家人被迫分开。不过，她觉得当时“情况没有那么糟”，甚至觉得看管她的人“有时很友好”。

“文革”期间，伊莎白的三个儿子柯鲁、柯马凯和红岗和其他城市的学生一样，在收获季节经常被派到乡下劳动。许多人毕业后被送到农村插队，过着农民一样的生活。那时，乡下的所有人都是“人民公社”的社员，一起劳动，共享收益。

伊莎白夫妇被关押时，三个儿子分别是18岁、16岁、14岁，统统被安排到工厂接受教育。不过，当时兄弟们继续领父母的工资，他们已经长大了，完全有能力照顾自己。只是他们很着急，不知道父母究竟发生了什么，但是他们并没有让愤怒或担忧吞没，因为他们成长中接受的教育就是相信只要无辜终将得到证明。与此同时，父母的朋友们给了他们必要的关怀和鼓励，官方对父母有问题的人的立场是依然可以通过教育“走上正确的道路”。

很长一段时间，他们想只会是几个月的时间，他们一直倾听各种说法，通过各种渠道了解各种关于最新政治变动的小道消息。他们原以为父母很快能够出来。但等了很久。

后来，在大学校园里被关押了整整三年后，伊莎白恢复了自由。两年后柯鲁克也从监狱放了出来，五年多的大部分时间他是在单独监禁中度过。幸运的是夫妇俩在监禁的时间里从来没有受过身体上的折磨，对他们来说，那确实是一段十分艰难的时刻。

但支持他们的信念就是，他们认为，所有这些动乱都是努力建立更加美好社会的一部分。

柯鲁克出来后，他发现他的许多同事都有同他相似的经历。他认定这样的事实，即领导层一直在认真努力清除这些弊端。

“虽然无辜地坐了五年零一百天监狱，但却依然坚定着自己的理想”。儿子柯鲁说，“父亲被关期间，我认为是一场错误，我们非常关切自己的父母，不过对于我和我的兄弟来说，这也是一段让自己更加独立的日子。”

伊莎白夫妇后来都被证明没有犯过错误，最终还是在周恩来总理的关怀下，他们重获自由，全家得以团聚。1973 年，周恩来总理把一些受冲击的外国专家包括伊莎白全家请到人民大会堂吃饭，代表政府向他们赔礼道歉，说“冤枉你们了，你们都是好人”。当时的翻译是章含之。

“我觉得他很真诚，我很感动。”伊莎白后来回忆起周总理的道歉时说。周总理还给三个孩子每人发了 780 美元，让他们出国去读书。伊莎白夫妇也回国探亲。当时许多人猜想蒙冤受屈的柯鲁克夫妇会借出国探亲的机会从此离开中国，但他们回来了，继续一如既往地为中国外语教育事业贡献力量。

夫妇俩继续在那所大学工作了许多年，直到退休，一边教书，一边写有关中国发生的变化。柯鲁克还致力于一本汉英词典的编辑工作，这本字典现在依然在使用。

6. 和十里店乡亲们几十年的情谊

到了 66 岁后，伊莎白不再担任教职，但依然为北外做着工作、指导学生。另外，她继续实地走访基层农村，进行了解和观察。伊莎白夫妇与很多淳朴的农民结下了深厚友谊，几十年通信往来不断。

伊莎白夫妇曾于1959年和1960年两次回访十里店，将采访见闻写成《阳邑公社的头几年》一书，于1966年在英国出版。

1985年2月，夫妇俩第三次回访十里店，将当地的缺水情况，向河北省政府和邯郸地区行署反映，使村里有了一眼深水井。这种友谊一直延续到第二代，他们的三个儿子曾代表父母多次回访，向当地小学捐资、赠送图书。

90年代，她在大兴镇发现很多当地学生上到五年级就辍学了，面对贫困家庭孩子的失学状况，伊莎白深感揪心。1999年秋，她与好友——美国东北大学历史系教授柯临清，一起设立“伊柯专项基金”，用于资助大兴镇贫困学生读书，还一直和受助学生通信，直到他们上高中、大学。孩子们经常给远在北京的“奶奶”写信，使伊莎白感到很欣慰。

伊莎白回忆说：“1940年、1941年在基层农村做社会调查，那些材料要撰写成书，时间已经过了几十年了，需要补充一些材料，后来就回去了。

回到曾经住过的地方时，当地给予了很大的支持。为了回报地方上的支持，就想到了帮助一些失学的孩子们，主要是小学生。

当地有很多贫困家庭的孩子往往是上到五年级就退学了，有人出主意，设立一个助学基金，资助一些穷困家庭的孩子继续读书。

我当时对他们提出一个要求，凡是得到助学金的学生，每一个学期一定要写一封信给我。我每次接到他们的信都会回信，后来通信挺多的，就建立了深厚的感情。

最初的目的是想有助学金以后他们就能升中学了，起码完成九年义

柯鲁克夫妇在北京外国语大学校门口（1994 年 5 月）

务教育。他们中有的把初中读完了，经过四年以后，相当一部分人考上了高中，那就接着读，后来有的说高中学习挺不错，想考大专，既然这样，干脆继续支持他们读。后来有三个上了大专。

我给他们写信的时候，不会让他们感觉到有压力，不强求他们给我写信，他们愿意写就写，不愿意写就不写。有的孩子不愿意接受助学金，怕别人瞧不起他们。所以这个事情就尽量少宣传。”

柯鲁克于 2000 年去世。之后，伊莎白一直注意收集大兴镇农村发展的历史资料，准备写成一部 40 万字的书。对现行的新农村政策有很多思考，她说：“农村实现可持续发展，要考虑环境保护问题；但也有一个矛盾，比如，大兴镇收入的一大部分来源于为一家摩托车厂加工零件的企业。企业排放的污水，污染了环境。镇领导责令企业控制污染排放，企业说，这样生产成本提高了，我们只有关门！所以，怎样解决这些矛盾，确实面临着困难。”

7. 母亲是个典型的中国式家长

在二儿子柯马凯看来，母亲是一个典型的“中国式家长”。

“学校放学回来拿着记分册，妈妈会盯着看，你考试考得怎么样、分数高不高。而父亲则更喜欢组织家庭活动，周末有活动的时间，我妈说留下来做作业，我爸说我们去爬山。平时我爸还经常让我们听各种音乐，给我们讲故事。”

柯马凯留在了中国，在北京开了一所主要接收外国学生的国际学校，哥哥和弟弟则离开了中国，但也会定期回来探望母亲。柯马凯说，他们是属于国际流动人口，姥姥、姥爷从加拿大也来到中国，因为他们的孩子都生在中国。母亲姐妹三个人，有的在中国，有的在加拿大。他们兄弟三个也是这样，弟弟很早回到英国，在BBC做事，一做就是25年。他就留了下来的，为什么有的人留，有的人走，他也搞不太清楚。他知道自己为什么留下来，是因为他觉得中国的生活很有趣。在美国教书时物质条件优越，却觉得没什么事可做，社会没有发展。

8. 拥有加拿大和英国国籍，却把一生献给中国

采访102岁的伊莎白·柯鲁克老人是一件颇具挑战性的事，因为她不仅回答问题，还常提出问题。“你们都做些什么呢？”“你们的经费从哪里来？”“你们都是志愿者，还是拿工资的？”她缓缓地说着英文，带着一种学者式的敏锐，表达出对仁爱慈善基金会的浓厚兴趣。

她的二儿子柯马凯也问：“你们是只探望一个老人一次吗？”“每次是相同的志愿者去吗？”“因为如果每次都不一样，老人会confused（困惑）。”柯马凯穿着那个年代的军绿色衬衫，一双黑布鞋，说着一口北京味普通话，如果不看脸，你绝对想象不到他是外国人。

他拿着我们送的《爱让我们更有力量》这本反映中国志愿者奉送爱心粥的书，向母亲解释奉粥：“Mom, this is just like ‘soup kitchen’.”（妈妈，这就像是‘救济厨房’一样。）

2008年，伊莎白被授予加拿大多伦多大学荣誉博士。拥有加拿大和英国双重国籍，却把一生献给中国的伊莎白在接受采访时说：“中国是我的第一故乡，加拿大是我的第二故乡。”

伊莎白现在每天下午4点多会到学校小广场上，跟老朋友们一起做操、聊天，她很享受跟大家在一起的时间，这在她看来就是一个“长寿秘诀”了。

伊莎白在做操（2017 年）

不过，她也有不开心的时候，因为她觉得自己已经无法再为社会做贡献了，没法再跟农村发生联系，“I think I'm not involved.（我觉得我不再置身其间了。）”她说。

怜惜生灵的老人

1. 地下党员的传奇经历

赵裕民，1918 年 3 月 18 日生，河北人，曾就职于中国对外贸易运输总公司，直至离休。

赵裕民的奶奶就是中共的创始人李大钊的姑姑，因为这个缘故，他很早就接触到了革命思想。十四岁时，由于生活所迫，他到东北去学徒，并在那里参加了革命，从事地下工作。

抗战时期，赵裕民在一次执行送情报的任务时，遇到日本军队的盘查。当时他化装成过路的小商贩，以做生意的名义过哨岗。但是日军的哨兵还是把他带进了岗楼，一顿拳打脚踢加以盘问。为避免搜身，赵裕民忽然捂着肚子倒在地上，装着痛苦不堪的样子，要求去厕所。日本兵相信了，在茅厕里，他将随身携带的情报藏在了顶梁上。在之后的盘问中，日本兵没有发现破绽。到了晚上，对他的看守也渐渐放松。最后趁着夜色，他终于逃脱监控，返回到厕所，拿回了情报，最终完成任务。

1945 年，抗日战争结束后，赵裕民被派遣赴哈尔滨，以商人的身份做掩护从事商贸工作，收购野货换取小米、布匹等，然后通过地下渠道将这些物资源源不断地补充输送给中共的前线战斗部队。

1948 年，辽沈战役结束，中共取得了胜利，赵裕民参与了接收沈阳的工作，首先要稳定和恢复社会秩序，当时的沈阳，有很多大烟馆，赵裕民主管禁烟工作。为了表达完成工作的决心，他自己先戒掉了香烟。从那时候起，赵裕民一生没有再抽过一口烟。

1952 年，新中国的对外贸易部成立，赵裕民从东北调至北京，继续从事经济工作。

2. 没有错误绝不认错的“硬汉”

1957 年，中国社会开始反右，一部分人被划为政治右派，要求被批判，称为“反右运动”。在这场运动中，赵裕民被划为右派。

当时，一位同事写了篇针砭时局的文章请赵裕民过目修改，赵裕民看过后没有声张，怕对这位同事不利，就放在抽屉里。第二天在开大会时，这位同事抵抗不住内心的压力，主动承认自己写了一篇内容不适宜的文章，当问到这篇文章在哪里时，他说送给赵裕民过目修改了。因为“私藏”这样一篇文章，赵裕民被打成右派。从此后，就被迫离开了北京，下放到黑龙江的土畜产进出口公司。

若干年后，儿女们曾经问过父亲，你恨不恨那位同事？赵裕民说，我不恨他，在那个时候，人人自危，人人也要自保，他做出那样的举动，也是迫不得已。又问他，那你为什么不举报他，被他连累成那样，冤不冤枉？赵裕民说，我不会出卖他，举报他。我也不认为自己有任何错误。不是我的错误，我绝对不会承认！

赵裕民年轻时

在随后而至的“文化大革命”中，作为右派，赵裕民再次被批斗，右派的身份让他吃了很多苦头。有一次组织了好几千人的大会要揪斗他，赵裕民的女儿当时只有十六七岁，听到外面嘈杂的人群声和此起彼伏的脚步声非常惊恐，父亲赵裕民却一边吃饭一边镇定地对女儿说：“有什么可怕的，不要怕！再大的事也要先把饭吃完！”

之后赵裕民被下放到黑龙江大庆市杜尔伯特蒙族自治县的饲养场去改造。东北的冬天冰天雪地，零下三四十摄氏度，赵裕民每天骑马几百里路寻找水草、放牛、放马、放鹿，条件十分艰苦。

到了夏天，草原上又是蚊虫成群，常常打开窗门，就劈头盖脸朝人扑下来。

由于体力劳动过重，饮食又匮乏，赵裕民开始生病，在当时那种情况下，不仅没有医疗条件，连照顾的人也没有，还要持续不断地完成各种繁重的劳动任务，平时还要被关押，关押的时候也没有人送饭。为了活命，他就偷着喝牛棚中刚挤出的牛奶充饥。被要求劳动改造时，就尽可能地多动多干，活动身体，抓住一切可能的机会进行锻炼。就这样，赵裕民的身体竟然不治而愈，奇迹般地康复了。

由于生性比较耿直，在东北整整待了二十年，赵裕民从没有违心承认自己没有犯过的错误。虽然是政治成分不好的右派，但当地的农牧民很喜欢他。平时，赵裕民自己每个月省吃俭用，省下有限的收入，接济更为贫穷的农牧民。十里八村的乡亲们，只要提起那个“老右派”，都会竖起大拇指，称一句“大善人”。三四十年后，当年的老乡还没有忘记赵裕民，专门到北京来看望他。

1978 年，中国政治发生了变化，赵裕民回到了北京，恢复工作。1983 年，赵裕民离休。

离休后他开始爬山，为了锻炼身体，从西城的二里沟到海淀的香山，单程二十多公里，每天都准时坐首班公交车出发，开始一天的锻炼。随身带几个桶，到了香山的八大处，那里有泉水，装几桶，背回家。

这个习惯从退休一直坚持到九十四岁。

3. 怜惜生灵的老人

赵裕民居住的小区里，出现了一群被主人遗弃无人认领的鸽子，鸽子们没有吃的。

老人怜惜这些生灵，每天都会带着各种食物和水，一日三次地去喂它们。鸽子们也爱干净，喂食前老人都要把鸽子吃食的地面打扫干净。准备的鸽食也不是随随便便的剩饭，而是专门买的玉米粒，还用各种杂粮面粉自己蒸的馒头，然后把馒头仔仔细细地切成规整的小块带去。

给鸽子喂食时，不是随地撒一堆就走，而是有目标地投喂，放多少玉米粒，放多少馒头块，都搭配好。

老人是特别节俭珍惜粮食的人，看到有人把咬了一两口的馒头、面包扔进垃圾桶，就捡回来洗洗弄干净再喂给鸽子，他说，这些粮食在以前吃不饱肚子的日子不知道能养活多少人，浪费很可耻。

由于老人的精心喂养，鸽群越来越大。喂得久了，赵裕民老人渐渐对每一只鸽子的习性都了如指掌。这个鸽子爱吃玉米粒，那个爱吃馒头；这个吃得不多，是生病了，要给它准备点病号饭，那个吃得多，很精神，老人都心中有数。

时间长了，鸽子们也和他心有灵犀。有一次赵裕民生病很久没来，从医院回来后，再次来到喂鸽子的地方。天空中空空荡荡，没有一只鸽子的身影。有人说，鸽了是不是都走了，不会来了？老人却肯定地说，不会的，我招招手，它们就来了。

老人找个椅子坐下，慢悠悠地朝天空摆了摆手，没过一会儿，那群鸽子真的就出现在了小区的上空。

4. 见不得别人受苦

近百岁的老人平时见不得别人受苦，有一次和孙女去超市购物，在回来的路上，看见一位流浪者倒在地上浑身发抖。老人说，这个人肯定是病了，受冻了，让孙女赶紧回家拿床棉被给他。孙女说，这个人咱们也不知道是好人还是坏人，咱们还是别管了，赶紧回家吧。老人说，不管好人坏人，现在他病了，有难处了，我们都得帮他，赶紧给他拿被子。老人带着孙女回家后又跟孙女说，这个人应该也很饿，除了被子，再带点吃的过去吧。

老人对河北老家的亲戚们也很挂念，自己在北京，对家族中的子弟

九十三岁　香山登顶

们，从上学到成家立业，能帮忙的都会尽力帮忙。

有时候他会很想念家乡的草木，但年岁大了，不方便出行了，只能偶尔听晚辈们讲一讲故乡的事情。

2017 年 2 月，这位善良一生的老人安然离世。

赵裕民与女儿（左），孙女（右）